Bernd Lange

nordostsüdwestwärts

Horizonte

Geschichten aus aller Damen und Herren Länder

Foto Titelseite   Bernd Lange
Foto Rückseite   Wolf-Peter Steinheißer
Gestaltung Titelseite   Nuray Gucanin
Satz   Kannada MN und Minion Pro Med
Herstellung und Verlag   BoD – Books on Demand, Norderstedt
ISBN   978-3-7347-9484-1

Bibliografische Informationen der Deutschen Nationalbibliothek:
Die Deutsche Nationalbibliothek verzeichnet diese Publikation in
der Deutschen Nationalbibliografie – detaillierte bibliografische
Daten sind im Internet über http://dnb.dnb.de abrufbar.

Gedankenfülle

gedankenverträumt
gedankenvertieft
gedankenvertraut

Worte

für jede Zeit,
für jede Situation
haben sie
eine andere Bedeutung,
sie sprechen jeweils neu,
entwickeln
neue Gedanken

Worte

im Espresso meiner Tasse
werden sie
zu Geschichten

Horizonte

9   Ein Bild im Reisegepäck

14   Zu neuen Ufern

19   Warten

23   Sturm im Wasserglas

26   Göttliches Spiel

41   Cafésatz

45   Für das Innere

53   In einem fernen Spiegel

56   Inseltheater

68   La Tempesta di Mare

78   Auf der Suche

83   Von Mallefix zum Mallefitx

115 Bus Stop

122 Ehre, wem Ehre gebührt

127 Ungeschminkte Ansichten

150 Im fernen Spiegel des Meeres

153 Statt bunter Urlaubskarten

Ein Bild im Reisegepäck

Ich schaue nur kurz auf, löse meinen Blick und meine Gedanken von dem Buch, das mich gerade fesselt. Es ist wirklich ein ganz kurzer Moment, den ich Richtung Strand und Meer dem schillernden Treiben vor und hinter der Grenzlinie zwischen Sand und Wasser widme. Warum ich mich für diesen Augenblick ablenken lasse, kann ein Zufall des Unterbewusstseins sein. Es kann aber genau so gut auch auf der intuitiven Macht einer vorbestimmten Eingebung beruhen. Wie dem auch sei, ich habe ein Déjà-vu.

Da es ein sehr persönliches Erlebnis ist – Déjà-vus neigen nun mal dazu –, sollte ich ein wenig ausholen. Einen Leser, einen Zuschauer, einen Zuhörer einbinden, nennt man das im heutigen Sprachgebrauch. Ich möchte verbindlicher sein, ein wenig das Ambiente beschreiben, in dem ich mich gerade befinde.

Es ist der zurückliegende Sommer, ein Sommer, der dieses Prädikat nicht unbedingt verdient hat. Egal, ich darf aufgrund meiner beruflichen Ambitionen zwei Tage im hohen Norden Deutschlands verbringen. Für einen, der in Stuttgart lebt und für den das Mittelmeer näher zu erreichen ist als die Nord- oder Ostsee, ist das wirklich hoch. Naheliegend ist, wenn ich schon so hoch hinauf darf, noch einige Tage dranzuhängen. Die zurückliegende Tagung, obwohl sie genau so gut auch eine Nachtung, zumindest beides war, hatte ein versöhnliches Ende – die Aussicht auf sechs Tage Ostsee, Strand, Wasser, ein wenig Sonne vielleicht, auf jeden Fall Entspannen, Seelenbaumeln, Genießen. Einfach mal abschalten und aufsaugen. So, wie der pulvrige Sand an einer Welle, die sich zu weit landeinwärts wagt, lechzend das Wasser schlürft.

Jetzt sitze ich also in einem der zahlreichen Strandcafés an einem der zahlreichen Ostseestrände und genieße einen der weniger zahlreichen Sonnentage in diesem August. Der Kaffee in meiner zweiten Tasse wird langsam kalt. Wie ja schon erwähnt, habe ich mich in mein Buch vertieft, so vertieft, dass ich alles um mich herum seit einiger Zeit gar nicht mehr richtig wahrnehme. Nur die wärmende Sonne leistet mir, das bekomme ich gerade noch mit, Gesellschaft. Bis zu dem Augenblick, im wahrsten Sinne des Wortes einem Augen-Blick, der mich kurz aufschauen lässt.

Ich sehe ein Bild vor mir, das zunächst so richtig typisch für eine Strandszene an einem durchaus akzeptablen Sommertag ist. Nicht unbedingt etwas Bemerkenswertes, das mein Ablenken aus dem Buch zwingend notwendig gemacht hätte. Die etwas streng sortierte Anordnung der Strandkörbe, bis auf wenige Ausnahmen mit Kindern, mit Müttern, mit Vätern, hier und da vielleicht noch mit Großmutter und Großvater besetzt, manchmal auch nur mit bunten Handtüchern dekoriert. Dazwischen die sehr viel lockere Ansammlung von sonnen-, strand- und wasserhungrigen oder -durstigen Urlaubern. Da jemand, der im Sand liegt und seine Zeitung liest, möglich, dass es die ist, die er sich aus seinem Heimatort nachschicken lässt. Dort ein Grüppchen, das sich angeregt unterhält, über was auch immer, in Badehosen die einen, im Bikini oder Badeanzug die anderen, alle mit einer mehr oder weniger geschmackvollen Kopfbedeckung. Dann wieder eine Familie, die unter Aufbietung aller Kräfte und aller strandbewährten Hilfsmittel am Anfang einer wahrscheinlich später beim Richtfest spektakulären Sandburg steht und erste architektonische Planungen umsetzt. Auch die Teilnehmer von wellness- oder fitnessorientierten Aktivitäten haben bereits den Weg zum Strand gefunden. Linker Hand die ersten, die dem Beach-Volleyball frönen, bevor die Mittagshitze alle sportlichen Einsätze lähmt. Weiter vorne, zum Wasser hin, dort, wo der Strand schon feucht ist, spielt ein Pärchen Pelota. Auf allen nur denkbaren Flächen, wo der Strand es erlaubt, spielen Kinder im und mit dem Sand, buddeln, schaufeln, gestalten Figuren mit Förmchen, werfen mit Eimer und Schäufelchen, kreischen, nörgeln, möchten unbedingt den Ball wiederhaben, der unerwünscht auf der Wasseroberfläche weiter draußen tanzt, lutschen Eis, essen Sand, zertreten kleine Sandburgen, laufen zum Wasser und wieder zurück, um den gefüllten Eimer direkt vor den Füßen ihrer Eltern auszuschütten und dort Schlammbollen zu machen, zwei schon ältere Jungen graben ihren etwas qualvoll aussehenden Vater im Sand ein, andere Kinder wiederum, teilweise noch dicke Windelpakete um den Popo gewickelt, lachen, weinen, trotzen oder spielen selbstvergnügt und friedlich mit Murmeln, Hölzchen, Stöckchen oder Steinchen, der einen oder anderen kleinen Muschel.

Ganz weit vorne, direkt am Wasser, von meinem Blickwinkel betrachtet weiter hinten, wo der Strand aufhört und leicht lethargische Wellen den Übergang zwischen nassem zu feuchtem und dann zu trockenem Sand beschreiben, betreiben ebenfalls etliche Menschen Urlaub. Einer sitzt im nassen Sand, im Einzugsbereich der kleinen Wellen, um sich seine Füße umspülen zu lassen. Einen anderen hat der Ehrgeiz gepackt, er joggt, seine weibliche Begleitung fünf Meter hinter sich lassend, am Saum der Wellen, die Füße der beiden treffen mal das Wasser, dann wieder verfehlen sie es. Wieder andere stehen in meist gebückter Haltung und suchen nach Strandgut, Muschelreste vielleicht, kleine Glassplitter, die inzwischen glattgeschliffen sind, den Rest eines Krabbenfußes, den einen oder anderen Kiesel, der sich im Vergleich zum Sandkorn deutlich aus der Menge abhebt. Da links zwei Jugendliche, die mutig mit viel Anlauf kreischend ins Meer laufen, irgendwann den Boden unter den Füßen verlieren und kraulend ihren Weg weiter durchs Wasser pflügen. Dann wieder Mütter und Väter mit Kindern, größere Geschwister mit den kleinen, die im Schlamm, im Schlick buddeln, Gebilde bauen, die Augenblicke später schon wieder von den Wellen weggespült werden. Dort ein Zehn-, vielleicht Elf-, Zwölfjähriger in einem Pulk von Jungen und Mädchen – mag sein, dass es eine Schulklasse ist oder eine Gruppe im Ferienlager auf dem nahegelegenen Campingplatz –, der sich vor den albern kichernden Teenies beweisen will und im Handstand zwei, drei Meter vorankommt, doch stilistisch so verquer mit angewinkelten Beinen; es sieht schon sehr eigenwillig aus, mit was er angeben oder imponieren möchte.

Im Wasser dann, an den Stellen, wo man noch gut stehen kann, kämpfen kleine Kinder mit Schwimmflügeln an den Oberärmchen, üben sich in ersten Schwimmversuchen, eines heult herzzerreißend, vermutlich hat es eine kräftigere Welle Salzwasser schlucken müssen. Erwachsene wiederum stehen bis zu den Kniekehlen, wenige bis zum Bauchansatz im Meer, die Arme verschränkt, unterhalten sich oder schauen sehnsüchtig Richtung Horizont, wo das hellere Blau des Wassers eine unscharfe Trennungslinie mit dem dunkleren Blau des Himmels zieht. Sie sind in der Minderzahl, das Wasser scheint wirklich noch nicht die richtige Badetemperatur zu haben, die Unentwegten, die Mutigen, die Sichbeweisenwollenden, die Vornichtszurückschreckenden. Sie alle schwimmen, planschen, paddeln, rudern, tauchen, kraulen, fühlen sich anscheinend wohl in ihrem Element. Weniger Ehrgeizige wieder bedienen sich eines Schlauchbootes, einer Luftmatratze, einen Schwimmreifens, um auf dem Wasser zu dümpeln und am Abend dann ihren höchstwahrscheinlich spürbar einsetzenden Sonnenbrand auszubrüten.

Ein farbenfrohes Bild, das sich vor meinen Augen aufbaut. Bestehend aus zig kleinen Einzelbildern, jedes für sich schon einen Blick wert, wahrgenommen zu werden. Und für einen etwas längeren Moment als bei allen anderen sehe ich – wie aus heiterem Himmel – ein Bild vor mir, das ich schon einmal gesehen habe. Genau der gleiche Ausschnitt, genau die gleiche Szene, genau die gleichen Personen. Ein etwa vierjähriger Junge schüttet mit einer Schaufel Sand in sein Eimerchen, sein Vater sitzt neben ihm im Sand, seine Mutter steht hinter ihrem Mann, leicht nach vorne gebeugt, und stützt sich auf seinen Schultern ab. Beide schauen lachend dem kleinen Jungen zu, der konzentriert seiner Tätigkeit nachgeht. Eine banale Szene, eine typische Szene für eine Strandaufnahme. Und dennoch, dieses Bild hat sich in meinem Kopf festgesetzt, sozusagen eingebrannt ...

Wenige Tage später fahre ich wieder nach Hause, mit dem Bild, das ich nicht mehr losgeworden bin, gut verwahrt im Reisegepäck. Ich kann es kaum erwarten, daheim zu sein. Ich schlage das Fotoalbum auf, jenes mit den ersten Aufnahmen von mir, das meine Eltern gemacht haben. Da ist es, das gleiche Bild, das ich im Kopf habe, auf Fotopapier mit gezackten Rändern. In Schwarz-Weiß. Darunter handschriftlich die Zeile „Ostsee – August 1953".

Zweiundfünfzig Jahre später bin ich mir an gleicher Stelle selbst begegnet.

(2005)

Zu neuen Ufern

Zum Ende hin ist er ganz schön in die Breite gegangen. Und träge ist er auch geworden ... der Fluss.

Auf der gegenüberliegenden Seite, ziemlich nah am Ufer, macht sich ein kleines Baggerschiff zu schaffen. Der Fluss zeichnet hier eine leichte Linksbiegung, gut möglich, dass sich der Kies am Grund zu sehr staute, sodass er wieder weggebaggert werden muss. Freie Fahrt oder besser, freier Fluss für den Fluss!? Flach und weit, brackig und dunkel, sehr wenig Ansehnliches verliert sich auf der nur leicht aufgerauten Wasseroberfläche, die sich sogar weigert, das Sonnenlicht zu reflektieren. Die letzten, vielleicht einhundert Kilometer ist der Fluss auf seinem Weg ins offene Meer wirklich breit und träge geworden; bestimmt langweilig für ihn.

Nichts mehr ist übrig geblieben von seinem munteren Plätschern, mal glucksend, mal gurgelnd, über Waldboden und Moos, kurz hinter der Quelle. Über Stein und Fels, bevor er das erste kleine Dorf erreicht, durch das er kraftvoll und fröhlich seinen Weg gebahnt hat. Durch Wiesen, in denen er mäandrisch weiter geflossen ist, durch Auen, in denen er verwunschen rauschte. Und so weiter, bis es von alleine gelaufen ist, er sich zu einem schmalen Flüsschen ergossen hat, dann rinnend, wogend, wallend, strömend. Immer wieder auf seinem Weg wurde er begleitet von Menschen, die sich mit ihm freuten, die mit ihm lachten, die Spaß an ihm hatten.

Das letzte Stück, seine letzten vierundzwanzig Stunden, bleibt er allein. Fast unsichtbar in einem leicht erhöhten Damm gebettet, damit er auch ja nicht ausbricht, sich ausbreitet und auf dumme Gedanken kommt. Dahinter Ödland, leeres Land, so weit das Auge reicht. Dann folgen Wiesen, Felder, Äcker, die in der Ferne verschwinden, von denen der Fluss nichts mehr mitbekommt. Bis auf die länglichen Baumkronen der Pappeln, die links und rechts Spalier stehen. Sie wedeln ihm im Wind, der bereits den Salzgeruch des nahen Meeres heranbringt, winken ihm zurückhaltend zu. Gestaffelt in Reihen stehen sie, die schmalen Bäume, in diagonalen Linien parallel zum Damm. Genauso wie die Masten der Hochspannungsleitungen, deren Drähte leicht durchhängen und die Symmetrie ein wenig durcheinander bringen. Irgendwie sieht das nach langweiliger Raumordnung aus.

Leere auch auf der stählernen Eisenbahnbrücke, die sich rostfarben weit über den Fluss spannt. Kein Ächzen in den Gelenken ist hörbar, die Gleise sind längst stillgelegt. Kein Winken aus irgendeinem Leben heraus, keine Bewegung. Festgefügtes Metall in Stein, an beidem nagt der Zahn der Zeit. Spuren, die keinen mehr interessieren. Ohne Unterbrechung zieht der Fluss weiter. Wegen dieser Ruhe müsste er froh sein, dass er hier sein darf, dass er noch nicht am Ziel ist. Doch diese Ruhe ist fast tödlich, sie kann verrückt machen. Vereinzelte Gebäude, von denen er manchmal noch gerade das Dach erkennen kann, nehmen Stellung. Verlassene, verwitterte Backsteine, zerbrochene Fensterscheiben, eingesackte Dachziegel – schimmliges Gemäuer zieht sich vom Boden hoch. Lebensraum für ein paar Raben, die auf irgendetwas warten. Keiner will wissen, auf was. Totenstille.

Der Fluss sollte sich glücklich schätzen, dass er das alles nicht mit ansehen muss. Rohrstutzen von Gasleitungen ersetzen die Pappeln. In gleicher Anordnung, in metergenauen Abständen in den Boden gerammt, so wie die Bäume lange Jahre zuvor, vor Jahrzehnten gepflanzt wurden.

Überall bläulicher Dunst am Himmel über ihm, an dem Stück Himmel, das der Fluss noch sehen darf. Dunst, der sich bis zu allen Horizonten fortsetzt. Entfernungen verlieren sich im Nichts. Und doch trennen sich mehr und mehr Licht und Schatten, scharf geschnitten von trostlosen Flächen und Körpern. Ziegelsteinmauern, Asphaltbänder, Betonklötze trennen die Tiefe des Raumes, versperren den

Blick ins Unendliche, lassen erahnen, dass es noch eine andere Form der unbeweglichen Geschäftigkeit gibt. Reihenweise stehen ausrangierte Tanks, Raffinerietürme, Fabrikschlote, Stahlgerüste, Ventilschleusen im Weg, spiralförmig ragen Skelette in die jetzt leicht gelblich gefärbte Luft.

Auf dem Fluss kommt Leben auf, totes Leben. Blechbüchsen, Styroporplatten, aufgeweichte Pappkartons, ungehobelte Holzplatten, Kistenreste, zerfetzte Autoreifen, Gewirr von Holzwolle, eine Plastiktasche, Einkaufstüten, ein durchnässter Overall, Flaschen, deren Hälse sich schaukelnd über Wasser halten, dümpeln im Brackwasser, das sich seitlich am Ufer leicht aufgeschäumt fortwährend im Kreis dreht.

Gleichgültig bleibt der Fluss, zieht weiter, er will sich nicht anmerken lassen, was ihm hier aufgebürdet wird, was ihm aufgeladen worden ist, was er mit sich rumschleppen muss. Und doch kann er's nicht verbergen.

Der Himmel erstickt, dem Fluss dürfte das Atmen ebenfalls schwer fallen. Rechteckige Lagerhallen, ein Elektrizitätswerk, in dem alle Fäden der Hochspannungsdrähte zusammenkommen, eine baufällige Barackensiedlung, unzählige Wohnwagen daneben. Einzig die Wäsche, die an gespannten Leinen zwischen den Wagen aufgehängt ist, zeigt im hier zugigen Wind Bewegung. Bis auf die unangenehm zischenden Geräusche einer weiteren Raffinerie, aus deren stählernen Schornsteinen gespenstige Feuerfackeln speien, scheint alles stillzustehen, sogar der Fluss zaudert. Obwohl ihm zuzutrauen ist, dass er sein ausgeschachtetes Bett, schnurgerade von riesigen Betonwänden eingefasst, schnell wieder verlassen möchte.

Dann ohrenbetäubender Lärm, Geschrei, das bis ins Mark durchdringt. Tausende von Möwen auf und über einem riesigen Müllberg. Sie schwirren und trippeln kreischend am Auswurf der Zivilisation. Ihr Tisch ist reich gedeckt.

Der Hafen! Willkommen am Ziel? Eingesperrt wird der Fluss in eine bedrohliche Kaimauer. Ihm muss übel sein, seinem Geruch nach. Verzweigungen von Kanälen, Wasserarmen nach allen Seiten, bunt schillernd ziehen Schlieren von Öl und Benzin auf seiner Wasseroberfläche, die sich mit den Kohlenhalden gleich dahinter um die Gunst eines noch tieferen Schwarz misst. Im Bilgenausschuss, kaltes Schwitzwasser und schillerndes Schmutzwasser, strudeln immer wieder verklumpte Teerbrocken. Nicht einmal das Ausweichen in die Hafenbecken, die links und rechts mit neuen Perspektiven locken, reizt ihn mehr. Mit diesem faulen Wasser will der Fluss nichts zu tun haben. Ein Wasser, das keine Heimat hat, nicht mehr weiß, wie es aus einer Quelle sprudelte, und auch noch nichts von den Gefühlen spürt, was es heißt, auf dem großen weiten Ozean zu schwimmen.

Der Hafen ... den Fluss geht er nichts mehr an, vorbei. Nur schnell vorbei. Die Lastkähne, die Schlepper, die Frachter, die Schiffe; ihm ist alles gleichgültig, was er auf seinem gebeutelten Rücken noch trägt. Die wuchtigen Klötze von Lagerhallen, die sich wie Krakenarme ausbreiten und hinter deren fensterlosen Mauern ein ständiges Hin und Her schnaubt und faucht und poltert, die skelettartigen Kräne, die wie Polypen ihre hebenden und senkenden Fangarme nach allen Richtungen ausstrecken, der Fluss will von diesem Leben um ihn herum überhaupt nichts mehr mitbekommen. Der Hafen ist für ihn kein Hafen.

Kein Hafen, der ihn auffängt, an dem er vor Anker geht, in dem er nach langer Reise seine wohlverdiente Ruhe finden möchte. Keine Pause, kein Zurücklehnen, kein Aufatmen, kein Auftanken, nichts wie weg von hier. Hinaus aufs Meer, hinaus in die unendliche Weite, dort zieht es den Fluss hin.

Sein letzter Blick zeigt ihm eine Welt aus Steinen und Teer, aus groben, verdreckten Felsquadern, aus Haufen von verrostetem und verrottetem Schrott. Und auf seinem letzten Weg zu neuen Ufern, auf den letzten Metern in eine neu gewonnene Freiheit kommt ihm nochmals ein letztes Hindernis entgegen, um ihm die Vergänglichkeit seines Lebenslaufes zu verdeutlichen. Ein Bollwerk fauliger Algen empfängt ihn. Doch auch das geht vorbei, am Ende seiner langen Reise, die für ihn so fröhlich und munter begonnen hat. Jetzt ist er angekommen, erschöpft und müde, der Fluss. An seinem lang ersehnten Meeressaum, an seiner Schwelle zum Aufatmen.

Endlich frei.

(2010)

Warten

Suzanna steht ganz vorne auf der Landungsbrücke. Ihr schlanker Körper ist wie ein gespannter Bogen an das hölzerne Geländer gedrückt, ihre Augen sind starr auf den winzigen dunklen Punkt weit hinten auf den Wellen gerichtet. Die Fähre vom Festland ist heute später dran als sonst. Gerade heute, denkt Suzanna. Neben ihr wartet eine alte Frau, in ihrer typischen schwarzen Kleidung der alten Frauen auf der Insel. Fröstelnd hält sie ihren dünnen Mantel zusammmen, der wie eine Küchenschürze anmutet, ihre Schultern sind hochgezogen. Stumm, allein mit ihren Gedanken, schauen die beiden Frauen dem sich nur langsam nähernden Schiff entgegen.

Noch immer grollt das Gewitter in der Ferne. Den Bewohnern der Insel hat es vor gut zwei Stunden die seit Wochen erhoffte Abkühlung, den seit Monaten erwarteten Regen gebracht. Jetzt, mit Ankunft der einzigen Fähre am Tag, die morgens vom Festland ablegt und erst am Abend auf der Insel ankommt, ist die untergehende Sonne nicht mehr imstande, die frische Luft aufzuwärmen.

Die junge Frau dreht ganz langsam ihren Kopf zur Seite. Der Wind zerzaust ihre halblangen, kastanienbraunen Haare, immer wieder fliegen Strähnen vor ihre Augen. Sie schaut die neben ihr stehende alte Frau an, sieht in das zerfurchte Gesicht, betrachtet die streng nach hinten zu einem Dutt zusammengefassten grauen Haare. Demütig und dennoch stolz steht sie, die Hände gefaltet, an der Anlegestelle. Suzanna fragt sich, auf wen sie wohl wartet. Auf ihren Mann? Nein. Eventuell auf ihre Schwester? Vielleicht. Oder auf ihren Sohn? Ja, schon eher. Genau, denkt sie, ihr Sohn besucht sie nach ewigen Zeiten wieder auf der Insel. Wo die Mutter in ihrem kleinen Häuschen, weit weg von dem Hafenort, zu Fuß meist bergauf über zwei Stunden entfernt, umgeben von Macchia und vertrockneten Feldern, am Rande eines kleinen Pinienwaldes von Geburt an lebt. Suzanna ist überzeugt, nur so kann es sein, wie sie lebt und was sie jetzt hier macht.

Die Alte erinnert sie an Erzählungen aus ihrer Kindheit daheim. An die vergilbten Bilder im Fotoalbum, als sie auf dem Schoß ihrer Großmutter saß und mit großen Augen ihren Geschichten lauschte. Wie die Großmutter auf dem kleinen Bahnhof des Dorfes, in dem sie groß geworden ist, stundenlang gewartet hat. Bis ihr einziger Sohn, Suzannas Vater, endlich auf Fronturlaub nach Hause kam. Es ist die gleiche, kaum spürbare Unruhe. Die gleiche, leicht gebückte Haltung. Der gleiche, erwartungsvolle Blick. Damals führte er die Gleise entlang, bis sie zu einem winzigen Punkt verschmolzen. Heute geht er über das heftig bewegte, schaumgekrönte Wellenmeer, das vom Horizont verschluckt wird.

Suzanna ist sich sicher, die Frau neben ihr am Kai wartet auf den Sohn. Der nach fast fünfjährigem Auslandsaufenthalt, dort, wo er Arbeit und seinen Lebensunterhalt gefunden hat, an die Stätte seiner Geburt, in seine Heimat zurückkehrt. Im Gesicht der alten Frau stehen sie geschrieben, die Fragen. Wie sieht der Sohn heute aus? Wie wird er mich begrüßen? Was wird er als erstes sagen?

Die Fähre, die inzwischen den grünen Leuchtturm am Anfang des Hafenbereichs vom Hauptinselort erreicht hat, drosselt ihre Geschwindigkeit. Noch etwa elf, zehn Minuten, und sie wird angelegt haben.

Die alte Frau spürt, dass sie beobachtet wird von der jungen, die neben ihr steht. Bedächtig bewegt sie ihren Kopf und schaut das Mädchen aus dem Augenwinkel an. Fragt sich, wie alt sie wohl sein mag. Vielleicht fünfundzwanzig? Hübsch sieht sie aus, mit ihren dunklen Haaren, dem dunkelblauen Seemannspullover, der Jeans, den weißen Segelschuhen. Erwartungsvoll blickt Suzanna auf die langsam drehende Fähre in der aufschäumenden Gischt, leicht aufgeregt klopft sie mit ihren Fingern auf das Geländer am Kai.

Auf wen wartet wohl die junge Frau? Die Alte überlegt. Sind es die Eltern, die sie in ihren Ferien auf der Insel besuchen? Nein. Ist es ihre Freundin, die übers Wochenende kommt? Vielleicht. Oder ist es ihr Ehemann, der nun endlich nachgereist kommt, um gemeinsam mit ihr hier den Urlaub zu verbringen? Ja, schon eher. Vor drei Monaten haben die beiden geheiratet, nun wollen sie die längst fälligen Flitterwochen nachholen. Ihr Mann wollte unbedingt auf diese Insel, vielleicht hat er schöne Erinnerungen daran und möchte seiner jungen Frau nun ebenfalls das traumhaft Schöne zeigen. Jetzt ist seine Arbeit in der Fremde erledigt, und er kann endlich zu ihr kommen.

Das Mädchen erinnert die alte Frau an ihre Jugendzeit. An ihre erste Liebe. An die verbotenen Begegnungen mit ihrem ersten Freund im Pinienwäldchen an der Grenze des elterlichen Grundstücks zu dem der Nachbarn. Die ebenfalls nichts davon wissen durften. Sie erinnert sich an die heimliche Verlobung, zig Rosenkränze hat sie damals gebetet für diese Sünde. Dann an die überstürzte Heirat, als beide plötzlich erfahren sollten, dass er in den Krieg muss. Und an die wenigen Urlaube, wenn ihr junger Ehemann müde, abgekämpft und ausgemergelt mit dem Boot, das einmal wöchentlich übersetzte, auf die Insel kam. Es war der gleiche, zehrende Blick auf das Meer, auf den Horizont. Das gleiche, nervöse Bewegen der Hände vor der Ankunft. Die gleiche gekrümmte Haltung, die das bebende Zittern des Herzens zeigt, wenn das Boot endlich angelegt hatte und alle Menschen ausstiegen. In den Augen der jungen Frau leuchten sehnsuchtsvolle Fragen. Kommt er freudestrahlend auf mich zu? Nimmt er mich wirbelnd in die Arme? Liebt er mich noch wie am ersten Tag?

Ja, die alte Frau ist sich nun gewiss, dass es so ist. Das junge Mädchen gleich neben ihr am Kai, das inzwischen unruhig hin und her läuft, wartet auf ihren frisch verheirateten Mann. Der eine Woche später nun endlich seine junge Frau wiedersieht, um mit ihr den ersten gemeinsamen

Urlaub, den Hochzeitsurlaub, hier auf dieser Insel zu verbringen.

Die Fähre hat angelegt, die ersten Fahrgäste verlassen das kleine Schiff. Ein junger Mann, siebenundzwanzig, achtundzwanzig Jahre, geht freudestrahlend an Land und zielstrebig auf die beiden wartenden Frauen zu. Nimmt zuerst die alte Frau in die Arme, drückt sie mit Tränen in den Augen fest an sich. Greift mit seiner linken Hand Suzannas Hand, umarmt sie gleichzeitig, küsst sie mit Tränen in den Augen fest auf den Mund.

Es dauert eine Unendlichkeit, bis er seine ersten Worte findet. Sie wären nicht nötig gewesen. Zu Suzanna gewandt, sagt er: meine Mutter. Zu seiner Mutter gebeugt: meine Frau.

(2005)

Sturm im Wasserglas

Der Caffè in meiner Tasse ist kalt, das Mineralwasser im Glas wird durch die Sonnenstrahlen, die die Tische und Stühle der kleinen Bar auf der Piazza jetzt ins Licht rücken, immer wärmer. Auf den Blättern der jungen Platanen, die um die Mittagszeit in den heißen Luftbewegungen, einer nur leichten Brise, sanft zittern, leuchtet Junisonne. Eine Sonne, deren Hitze aus einem wolkenlosen Himmel fällt. In dem Glas mit dem Wasser vor mir herrscht ein reges Treiben. Unentwegt, unermüdlich finden kleine Luftbläschen den Weg nach oben. Oben angekommen, findet die Lebendigkeit ein jähes Ende, um von unten oder rundum seitlich gleich wieder neue Luft zu schöpfen.

Ich nehme das Glas in die Hand und lasse das Wasser darin kreisen. Die Luftblasen fangen an zu strudeln, zu quirlen und verdichten sich auf ihrem inneren Drang nach oben zu einer Pirouette. Ein wildes Aufbrausen, ein Wirbel entsteht, farbenprächtig untermalt durch den Lichteinfall der Sonne, ein irisierendes Spektrum wie bei einem Regenbogen. Doch es ist sehr viel greller, mein Blick ist geblendet von der Fülle der Farben.

Die Piazza, fast menschenleer, nur in den Schatten bewegt sich noch ein wenig Leben, verflüchtigt sich vor meinen Augen. Sie verschwimmt zu einer Palette von Farben, zu einer Sinfonie von Tönen. Die alte Kirche mit dem leicht schiefen Turm, deren Uhr schon seit Jahren die Zeit zu vergessen scheint, die schmalen, eng geduckten Häuser mit ihren fröhlichen Blumenkästen an den Fenstern und den Pflanzenkübeln neben den Türen, der Marktstand mit der grün-weiß gestreiften Markise, darunter im Schatten das leuchtend bunte Obst und Gemüse, die Bänke mit den schmiedeeisernen Armlehnen und Füßen, die unter den wenig schattenspendenden Bäumen Spalier stehen, alles verdichtet sich zu einer einzigen Spirale, die meine Gedanken wegträgt. Immer höher, immer weiter. Fort von der

Piazza, fort von dem kleinen Ort auf dem Hügel über dem Meer, fort aus der brütenden Mittagsglut einer gnadenlosen, einer unbarmherzigen Sonne.

Ich gleite über das weite Meer, dunkelblaue Wellen mit kleinen, weißen Gischtkronen, unentwegt sanft bewegt, gleißend im Sonnenlicht. Eine undeutliche Linie signalisiert den Horizont, darüber ein helleres Blau. Dann plötzlich Land in Sicht, von blinkenden Leuchttürmen der Einbildung.

Ein gestrandetes Boot, verwittertes Holz, abgeblätterte Farbe, zersplitterte Planken, ein zerborstetes Ruder, zerfetzte Seile, liegt tot in den Felsen, die sich neben einem kleinen Strand aufgetürmt haben. Daneben sitzt ein Mann, die Ellbogen in den weichen, warmen Sand gestützt, und starrt aufs Meer. Winzige, schmale Augen unter einer Stirn mit zerfurchten Linien blinzeln in einem sonnengegerbten Gesicht. Der Strohhut auf seinem stoppelhaarigen Kopf hängt auf Halbmast, die mutlos nach unten hängenden Lippen seines Mundes sind ebenfalls von wilden, grauen Haarstoppeln umrahmt. Wind kommt auf, vom Meer, bläst dem Mann seine Kraft direkt ins Gesicht, noch nicht lästig, doch das Atmen fällt schon etwas schwerer. Die alten, durch getrocknetes Meerwasser inzwischen störrisch gewordenen Stoffschuhe, die zerknitterte Leinenhose, auf der sich mit jeder Windböe mehr und mehr Sand verliert, das flatternde Hemd, das seinen gebräunten Körper mehr entblößt als ihn schützt, gibt ihm das Gefühl, ebenfalls ein Gestrandeter zu sein, weniger tot als das Boot zwar – doch der Vergleich hinkt.

Der Mann richtet sich auf, setzt sich ruckartig in eine Position, die ihm den Wind, der immer stürmischer wird, nicht direkt in die Augen, die Nase, den Mund bläst. Mit den Fingern seiner rechten Hand, schmal, lang, dunkel, die Haut unter den Nägeln im harten Kontrast dazu fast weiß, malt er Linien in den Sand, legt er Spuren. Bedeutungslose Symbole, Zeichen, Zeilen, wie es scheint. Vielleicht sind es auch Buchstaben, Wörter, ganze Sätze oder auch Geschichten? Doch niemand kann sie entziffern, lesen, verstehen, mit dem nächsten Windstoß, der über den Sand fegt, sind sie vergangen, ohne dass sie jemals jemand nehmen wird.

Die Wellen werden heftiger, schlagen kanonartig an die Felsen neben den Resten des Bootes. Die Luftblasen im Wasserglas vor mir haben sich beruhigt. Hartnäckig, einsam, illusionslos hält sich eine letzte tief unten am Boden des Glases. Ich schüttle das Glas, bringe das abgestandene Wasser ins Wanken. Zögernd löst sich die einzig verbliebene Luftblase und flieht nach oben. An der Oberfläche bleibt sie unbeteiligt schwimmen. Ein winziger Punkt, der sich in der Sonne bricht. In dem die inzwischen von Menschen pulsierende Piazza reflektiert wird, die Kirchturmspitze mit der stummen Uhr darunter einen ersten Schatten wirft, ein buntes Treiben in den Geschäften und Läden einsetzt, das Leben zu seinem gewohnten Gang zurückfindet.

Vor mir, auf einem der Tische draußen vor der kleinen Bar, an dem ich sitze und die frische Brise vom Meer in mich aufnehme, steht ein Glas Wasser. Ein Glas, auf dessen Wasserspiegel eine Luftblase zerplatzt. Zerplatzt mit einem Ton, den niemand hört. Und keiner versteht.

(2005)

Was, meine Damen und Herren, ist der Tod?
Im Grunde nicht erst das Verlöschen
und die Sekunden des Übergangs,
sondern schon das lange Nachlassen davor,
jene sich über Jahre dehnende Erschlaffung;
die Zeit, in der ein Mensch noch da ist
und zugleich nicht mehr
und in der er, ist auch seine Größe lange dahin,
noch vorgeben kann, es gäbe ihn.
So umsichtig ... hat die Natur unser Sterben eingerichtet.
(Daniel Kehlmann: „Die Vermessung der Erde")

Göttliches Spiel

Das langgezogene Sirren der Schwalben strahlt eine be-
klemmende Unbeschwertheit aus. Sehr tief fliegen sie, auch
in dieser geringen Höhe noch in virtuosen Flugbahnen,
vorbei an Schmetterlingen, die wie unruhige Botschafter im
warmen Wind taumeln. Der Sonne bleibt keine andere
Wahl, kein Baum in der Nähe, der ihre Hitze, die aus einem
sauber geputzten Himmel wabert, auffängt. Irgendwann,
noch heute, wird sich die Atmosphäre entladen.

Der Fremde bleibt stehen, auf dem Weg, der an dem alten Haus vorbeiführt. Hier und da sind die roten Klinker-
steine schon verblasst, ein Fensterladen findet keinen richtigen Halt mehr an der Hauswand, von der linken Fassade
schaut schon neugierig der Efeu um die Ecke, dem Dach
sieht man die schweren Lasten an, die es Winter für Winter
tragen musste. Nachdenklich schaut der Fremde auf das
Gebäude. Früher war es ein zentraler Umschlagplatz der
nicht ganz so stillen Gedanken und der ausgesprochenen
Erlebnisse; heute sieht das Haus, obwohl es immer noch
fast den Mittelpunkt des Ortes bildet, einsam, leblos aus.
Stehen geblieben und vergessen. Es war der Bahnhof von
Teisingen, früher wie heute ein Dorf in einem der weitge-
zogenen Täler inmitten der Alb. Damals, als es die Bahnli-
nie noch gab, war hier die Anfangs- und Endstation für

Personenzüge, die die Dorfbewohner sechsmal am Tag in die größere Kreisstadt brachten und wieder zurück in ihre heimatliche Umgebung. Später am Tag wird der Fremde erfahren, dass heute an Wochentagen dreimal noch der Bus kommt, sonntags geht gar nichts. Und er hört, dass irgendwann, nachdem die Bahnstrecke schon lange stillgelegt war, der Bahnhof zum Wohnhaus umgebaut wurde. Der zu diesem Zeitpunkt bereits pensionierte Stationsvorsteher, gleichzeitig auch Schrankenwärter und Fahrkartenausgeber, damals immer eine Autoritätsperson in seinem blauen Dienstanzug und der tief über die Stirn gezogenen Schirmmütze, zog mit seiner Frau dort ein. Magdalena Schumacher, inzwischen weit über 80, lebt jetzt alleine dort. Ihr Mann ist schon lange verstorben, ihre Kinder wohnen in der Stadt, haben eine eigene Familie, besuchen sie vielleicht noch an Weihnachten, abwechselnd mal zu Ostern oder zu Pfingsten, und natürlich an dem Sonntag, der auf ihren Geburtstag folgt.

Die alte Frau beobachtet verängstigt den fremden Mann. Er sieht sie mit neugierigem Blick am Fenster stehen, hinter der Gardine, die sie, um überhaupt was zu sehen, ein Stück zur Seite schieben muss. Dass er ein Fremder ist, so glaubt er, wird sie erkannt haben, in seinem hellbraunen Anzug aus Leinen, mit seinem breitkrempigen Sommerhut und dem braun gebrannten Gesicht hinter einem grau melierten Stoppelbart. Vermutungen von ihm – mag sein, dass ihre Augen trotz ihrer Brille schon zu schwach sind, um ihn noch deutlich zu sehen.

Der Unbekannte steht vor dem verwitterten, stumpfen und zum Boden hin bereits an mehreren Stellen morschen Lattenzaun, der den etwas ungepflegten Gemüsegarten vor dem früheren Bahnhofsgebäude vom asphaltierten Weg trennt. Klatschmohn dazwischen, denkt er, als hätte er nur auf mich gewartet. Genau hier war es, dass er als Jugendlicher seinen Fuß das letzte Mal an dieser Stelle, seiner Heimaterde gestellt hat. Der Weg, heute Radfernwanderweg zwischen Ost- und Bodensee, war damals das Bahngleis, auf dem der Zug stand, der in die Stadt fuhr. Der Garten war der Bahnsteig, auf dem vor dem Dienstraum, in dem jetzt die alte Frau hinter ihrer Gardine verschüchtert hervorschaut, der Stationsvorsteher mit einem lauten Pfeifen und erhobener Kelle den Zug und damit auch ihn auf die Reise schickte. Der Zug kam nach etwa zweieinhalb Stunden wieder zurück, er brauchte 46 Jahre.

Exakt an seinem 18. Geburtstag, ein halbes Jahr vor seinem Abitur, morgens um 5 Uhr 52, verließ Adam Haussler sein Elternhaus, seinen Geburtsort Teisingen. Dort, wo er jetzt steht, sah er ein letztes Mal aus dem Fenster des abfahrenden Waggons seine Heimat. Während der Bahnfahrt in die Stadt musste er die Augen geschlossen halten, um nicht in Tränen auszubrechen. Es war der Beginn einer Reise ins Ungewisse. Bis Hamburg schlug er sich als Anhalter durch, zielstrebig trieb es ihn zum Überseehafen, Frachtschiffe nahmen ihn im Laufe der Jahre mit über alle sieben Weltmeere, führten ihn in viele fremde Länder, bis er dann endgültig in Ecuador landete. Er korrigiert sich in seinen Gedanken, bis er dort strandete.

Adam dreht sich wieder zur Seite, seine Schritte den Radweg entlang sind schwer. Was geht im Kopf der Frau am Fenster vor, fragt er sich, ist sie erleichtert, dass er jetzt weitergeht, oder ist sie enttäuscht, dass es nun nichts weiter mehr zu sehen gibt? Sein Weg führt ihn, vorbei am damaligen Bahnübergang, zum richtigen Dorfmittelpunkt, der Kirche. Direkter, zum Friedhof, mattherzig sucht er das Grab seiner Eltern. Er kann nicht daran glauben, dass sie noch leben. Eine Nachricht vom Tode allerdings hat ihn nie erreicht, wie auch, keiner wusste ja je, ob, und wenn, wo er lebte. Die Erinnerungen an sein Elternhaus endeten mit dem Tag seines 18. Geburtstages. Auch wenn die Volljährigkeit erst sehr viel später offiziell auf 18 Jahre gesenkt wurde, galt das für Adam schon lange vor dieser Zeit. Er musste weg, für ihn waren es nie richtige Eltern, so seine

Begründung, die er allerdings bis zum heutigen Tag für sich behalten hat – behalten musste, wem auch hätte er es erzählen können?! Auf dem bemoosten Grabstein, den Adam schnell gefunden hat, liest er, dass sein Vater vor 22 Jahren gestorben ist, mit 67, seine Mutter folgte ihm nur wenige Monate später, lediglich 63 wurde sie. Doch auch jetzt kann Adam nicht traurig sein über die beiden, das erste Mal am Grab seiner Eltern.

Adam zuckt unbeholfen seine Schultern, möchte den Friedhof wieder verlassen. Auf dem Weg zum schmiedeeisernen Tor fällt sein Blick auf ein schmuckloses Grab. Hier ruht Thomas Straub, * 18. Februar 1943, † 14. Juli 1978, entziffert er auf dem wohl schon lange mit Flechten vernarbten Stein. Adam bleibt betroffen stehen. Zu jung, sein Freund von klein auf, sein Klassenkamerad, erst in der Volksschule, dann auf dem Gymnasium. Und natürlich in ihrer verschworenen Gemeinschaft, erinnert er sich zurück.

»Grüß Gott, Adam, du?! Du hier?!«

Der Fremde dreht sich erschrocken um:

»Pérdon?«

»Adam Haussler, du zurück zu deiner Wiege?!«

Irritiert schaut er in das verschlossene Gesicht eines Pfarrers, sagt nochmals, eine Spur ungehaltener:

»Pérdon, Arion Caballo Divinos mein Name!« Und dann, in seinem inzwischen etwas gebrochenem Deutsch: »Guten Tag, was verschafft mir die Ehre?«

»Adam, mir brauchst du nichts vorzumachen. Adam Haussler, du wieder in deiner Heimat?! Ich bin es, Paul Johann, dein Kumpel aus alten, nein, eher jungen Kindertagen, bis unsere Freundschaft mit deinem Weg aufs Gymnasium in die Stadt irgendwie auseinander ging.«

Er grinst jetzt aus seinem rosa Gesicht unter dem schwarzen Pileolus, in dem seine Augen durch das Schattenspiel der sich sanft bewegenden Blätter der alten Blutbuche, unter der sie stehen, dennoch unruhig wirken.

»Tut mir leid, dass ich dich nicht gleich erkannt habe, Paul

Johann, du? Pfarrer zu Teisingen? Dann hast du ja deinem Namen alle Ehre gemacht! Fromm warst du ja immer schon, als kleiner Junge fast schon göttlich mit deinen bibelfesten Sprüchen.«

»Na ja, mein Weg auf die Klosterschule gab mir dann den Rest. Und als unser damaliger Pfarrer, Gott hab ihn selig, zur rechten Zeit das Zeitliche segnete, kam ich wie gerufen.« Obwohl er innerlich über seine Worte lacht, muss sich Paul bei diesen Worten bekreuzigen.

»Und du folgst immer noch seinem Ruf?«

»Was kann einem Besseres geschehen, als auch die Schäflein in seinem eigenen Geburtsort zu hüten und zu segnen?! – Dich dagegen hat ja nichts gehalten, hier in unserem Dorf?«

»Mit Recht!«

Der Pfarrer dreht seinen Kopf zum Grabstein. »Du sprichst wohl auch auf deinen Blutsbruder Thomas Straub an? Seit 1978 schon liegt er unter der Erde Teisingens, mit nur 35 Jahren, 'n bisschen früh, oder?! So gesehen hast du wirklich Recht. Komm mit, ich zeig dir noch was!«

Adam geht schweigend neben dem Pfarrer her, mit Erinnerungen, die er längst verdrängt hatte und die jetzt immer deutlicher wieder hochkommen. Und überhaupt, was weiß Paul von ihrer damaligen Blutsbrüderschaft?

Der Pfarrer unterbricht abrupt seine Gedanken. »Hier! Hier liegt dein anderer Freund, Heinrich Kleinert.«

Adam liest: 1992 gestorben. Und nur wenige Schritte weiter deutet Paul auf einen weiteren Grabstein, Peter Huf, steht dort, 1985 mitten aus seinem irdischen Leben gerissen. Adam rechnet, mit 44 Jahren, auch noch kein Alter.

Eine undefinierbare, jedoch nicht zu übersehende Systematik bei den Jahreszahlen des Todes seiner früheren Freunde beschäftigt Adam. Pfarrer Paul Johann schaut ihn an, und als könne er die Gedanken seines heimgekehrten Gegenübers lesen, spricht er: »Es bewegt dich, mehr als dir lieb ist?!« Adam nickt fast unmerklich mit seinem Kopf, bleibt jedoch stumm. Paul lenkt seine Schritte bedächtig in Richtung Kirche, deren Glocken gerade zweimal geläutet haben. »Komm, lass uns ins Pfarrhaus gehen, es steht immer noch, wie in alten Zeiten, gleich hinter unserem Gotteshaus. Und auf dem Weg dorthin wirst du noch was entdecken.«

Ihre Wege trennten sich vor weit über 50 Jahren, und jetzt gehen sie wieder einen gemeinsamen Weg über die heimatliche Erde auf dem Friedhof, macht sich Adam bewusst. Schweigend kommen die beiden zum Ende ihres Weges. Zu den letzten Ruhestätten, deren Grabsteine entlang der Kirchenmauer den älteren Teil des Friedhofs, den Adam von früher her noch in Erinnerung hat, erkennen lassen. An einem Familiengrab hält Paul an.

»Hier liegt, soweit ich mich noch erinnern kann, dein damals unzertrennlichster Freund, der Albert.« Adam liest die Namen auf den verwitterten Messingtafeln, die in den wuchtigen, alten Granitstein eingelassen sind. Erst die Urgroßeltern, dann die Großeltern, die er noch kannte, und gleich danach, noch lange bevor seine Eltern starben, Albert selbst, sein Name alleine auf einer Tafel.

»Albert Riedlinger«, murmelt Adam, »gestorben am 19. Juni 1964, mit 22, gerade mal vier Jahre war ich weg.« Und dann, deutlich lauter, zu Paul gewandt: »Wodurch? Krankheit? Unfall? Selbstmord?«

»Gehen wir ins Pfarrhaus, in mein kleines Arbeitszimmer unterm Dach!«

Albert und er, verdichtet es sich in Adams Kopf, seit Kindertagen zusammen durch bunte Blumenweiden gerobbt, um Kühe zu erschrecken, über Stoppelfelder nach Hasen gejagt und nie welche gefangen, am Dorfweiher beim Angeln, an selbstgebastelten Stöcken, Schnüren und Haken krümmten sich die Maden oder Würmer; oft genug sind sie ins Wasser gefallen und haben dann die Hosen vorsichtig über den Stacheldrahtzaun zum Trocknen aufgehängt, die Hosentaschen waren immer voll mit Stöckchen und Steinchen, toten Fliegen, lebendigen Regenwürmern, heiligen Schätzen aus den Träumen von Tausendundeiner Nacht.

Paul führt Adam in sein kleines Refugium. Eine schlichte, eintönige Ruhe fällt von dem bleichen Einheitsdunkelweiß der schrägen Zimmerdecken. Ein alter Schreibtisch, drei Stühle, zwei vor der Tischplatte, einer dahinter, ein Holzboden, der sich nicht traut, zu knarren. In der Beengtheit des Raumes mit der winzigen Dachluke, die sich nicht öffnen lässt, gibt der von Paul eingeschaltete Tischventilator ein insektoides Schwirren von schwinglosen Tönen von sich, die sich wie eine Säge ins Hirn fressen. Adam empfindet den Ort als karges Quadrat mit einer dürftigen Ansammlung von Erinnerungen, die sofort wieder in Vergessenheit geraten, bevor man sich überhaupt damit einzurichten versucht.

»Bitte, setz dich!« Paul holt aus der kleinen Küche nebenan eine Flasche Wein und zwei Gläser. »Messwein, nichts Besonderes, doch es ist ein ehrlicher Tropfen.«

Die beiden prosten sich zu.

»Wieso bist du zurückgekommen? Es müssen ja weit über 40 Jahre sein, die du jetzt weg warst?!«

»Am 23. Juli 1960, vor fast drei Wochen war es exakt 46 Jahre her, dass ich Teisingen, meinen Geburtsort, dieses gottverlassene, pardon, dieses entsetzlich eintönige Nest verlassen habe.«

»Eine verdammt lange Zeit?«

»Eine verdammt lange Zeit!«

Paul nimmt einen weiteren Schluck aus seinem Glas, lehnt sich zurück in seinen Stuhl und schaut seinen Gast mit forschenden Augen an. Adam spürt, es liegt jetzt an ihm, zu erzählen. Wie soll er anfangen?

»Irgendjemand aus unserem Dorf hat mich ausfindig gemacht, mich aufgespürt, wo ich jetzt lebe. In Ecuador, in meiner Agricultura Pichinchas, am Rande des Regenwaldes, wo ich irgendwann hängen geblieben bin. Wo ich nach

Jahren, fast einem Dutzend, in denen ich auf und unter Deck der christlichen Seefahrt über unsere sieben Meere ohne Ziel hin- und herschaukelte, irgendwann eine neue Heimat gefunden hatte.«

Bei dem Wort „christlich" muss der Pfarrer aufschauen, und als er „sieben" gehört hat, hebt er kurz seine linke Augenbraue an. Adam macht weiter, in seinem manchmal etwas falsch akzentuierten Deutsch.

»Am Río Esmeraldos. Für mich begann ein neues Leben, eine neue Existenz. Ich bin dann doch noch meinen Wurzeln, besser denen meiner Eltern, treu geworden. Landwirtschaft, natürlich kein Bauernhof im herkömmlichen, in unserem Sinne. Für damalige Verhältnisse, Anfang der 60er Jahre, war das in diesem Land eine wahre Pioniertat. Nach unseren heutigen Maßstäben würden wir es so was wie nachhaltige Entwicklungshilfe nennen. Im Verständnis der Menschen dort bin ich ein Patrón, mit weit über hundert Angestellten, Arbeitern auf Plantagen, erst Bananen, jetzt Kakao und Kaffee. Menschen, die nicht hungern müssen, die mir dankbar dafür sind ... Ich hab viel Glück gehabt!«

»Glaubst du, dass du es auch verdient hast?« Adam nutzt die Frage von Paul und greift nach seinem Glas, zuckt mit den Schultern.

»Als Gottes Sohn wirst du wahrscheinlich sagen, nein, es ist ungerecht, nach allem, was ich damals getan habe. Mit 18 einfach auf Nimmerwiedersehen abzuhauen, ohne eine Nachricht, nie wieder Kontakt zu Mutter und Vater, nicht mal ihr Tod führte mich zurück. Wie auch, ich wusste ja gar nichts von hier, hatte ja alle Kontakte rigoros abgebrochen.«

»Zum einen das, doch ich denke dabei mehr an das Schicksal von Peter Schoch und seinem Bruder Erich.«

Adam schaut den Pfarrer fragend an, entdeckt eine Spur von Genugtuung in der ernsten, nachdenklichen Bauhausarchitektur seines Gesichts, klare, einfache Züge, die im Augenblick absolut keine Regungen erkennen lassen. Die Atmosphäre verliert etwas von ihrer bisherigen Entspanntheit, der heimgekehrte Gast im Pfarrhaus spürt einen kälteren Atem, womöglich den längeren von Paul, so vermutet er. Was weiß Paul über Peter Schoch, den sie alle immer nur Pit nannten? Und was ist aus seinem kleineren Bruder, dem Erich geworden? Den sie damals nie ernst genommen hatten und der ihnen dann doch verdammt gefährlich wurde.

Schweigen, Adam spürt es, jetzt wird sein Gegenüber reden.

»Erich?! Nachdem Erich aus dem Krankenhaus entlassen wurde, war er ein Krüppel, Zeit seines Lebens an den Rollstuhl gefesselt. Und dieses Leben dauerte nur noch elf Jahre.«

»Das wusste ich nicht!«

»Woher auch, du bist ja wohl kurz danach, nachdem ihr ihn brutal gequält und fast schon gegeißelt habt, mir nichts, dir nichts abgehauen. 1971, seine Lähmungen und die damit verbundenen Schmerzen wurden für ihn immer unerträglicher, schied er freiwillig aus dem Leben. Seinen Bruder Peter, oder Pit, wie er bei euch hieß, nahm er dabei mit. Mit dem er übrigens seit eurem Vorfall damals wirklich brüderlich verbunden war. Ein Verkehrsunfall, während einer gemeinsamen Autofahrt griff Erich bei 120 Stundenkilometern wohl plötzlich ins Lenkrad. Es passierte in Griechenland, man hat sie auch dort begraben, nachdem die Eltern nicht mehr lebten und auch keine weitere Verwandtschaft mehr da war.«

Paul bemerkt, wie Adam immer mehr in seinem Stuhl verschwindet. Die einzige Reaktion des in sich Zusammengesunkenen ist ein stammelndes »Ja, ja, wie?«

»Wie Polyneikes und Eteokles, die beiden Brüder in der Schlacht von Theben!«

Wie vom Blitz getroffen zuckt Adam zusammen. Jetzt ist ausgesprochen, was er schon befürchtet hatte, also weiß

Paul doch mehr, als ihm lieb ist. Der Pfarrer nutzt die Verwirrung von Adam und setzt nach.

»Und vor sieben Jahren schließlich kam Karl-Heinz Kleinschmidt, der Siebte in eurem Bunde, ums Leben. Fast wie Kapaneus, der in der Tragödie von Aischylos vom Blitz des Zeus getroffen wird. Beim Schweißen in Karl-Heinz' Werkstatt explodierte eine Gasflasche«, ergänzt der Pfarrer rasch, bevor Adam auch nur irgendetwas sagen kann. Doch er bleibt stumm, die einzige Bewegung, die er macht, ist, sich seinen Schweiß von der Stirn zu wischen.

Minutenlang sitzen sich die beiden in dem Raum des surrenden Schweigens gegenüber. In die Geschlossenheit der vier Wände dringt das ferne Geräusch einer Grille, als würde sich knarrend eine alte, in den Scharnieren verrostete Falltüre langsam schließen. Eine unbeherrschte Frage von Adam zerschneidet plötzlich die monotone Unstille im Arbeitszimmer des Pfarrhauses.

»Was weißt du noch?«

Paul gießt Adam und sich noch ein weiteres Glas Wein ein, er selbst trinkt einen kräftigen Schluck, hält das Glas weiter in der Hand und betrachtet gedankenvertieft die leicht goldgelbe Farbe, die sich im unteren Drittel des Glases gesammelt hat.

»Alles. Oder zumindest vieles. Alles, was Ernst Schoch wusste und mir als seinen Seelsorger anvertraute. Von eurem Geheimbund „Die Sieben gegen Teisingen", abgeleitet von der griechischen Tragödie „Die Sieben gegen Theben", die ihr sieben Privilegierten, die aufs Gymnasium durftet, im Unterricht durchgenommen hattet und die euch für eure wahnwitzige Idee als Vorbild diente. Sieben Revoluzzer, die meinten, vor mehr als 50 Jahren die Welt unseres Dorfes aus den Angeln heben zu können. Eine Schlacht gegen unsere damals noch augenscheinliche Idylle zu führen, sozusagen den Untergang unserer kleinen, heilen Welt heraufzubeschwören.«

»Was uns ja auch ein großes Stück gelungen ist, den alten Mief durch frischen Wind zu ersetzen!«, poltert es wüst aus Adams verbissenem Mund.

Paul wurde zornig: »Ja, allerdings mit dem Ergebnis, dass der Bruder deines Freundes Pit, dass Erich von euch brutal zusammengeschlagen wurde und nach Jahren der Qual den Freitod suchte. War das das gewollte Ergebnis eurer Ziele, eurer Ideale?«

Adam versucht sich zu verteidigen: »Was musste er uns auch nachschleichen, zu unserem geheimen Treff, der alten Scheune im Tiefenforst? Uns nachspionieren, um uns dann zu erpressen, um ebenfalls in unseren Bund aufgenommen zu werden?«

»Erich, der keiner Fliege was antun konnte, er, der im Vergleich zu seinem Bruder oder euch Sieben ein eher schlichtes oder von mir aus auch sonniges Gemüt hatte?«

»Er wollte dabei sein, oder er hätte uns verraten! Beides ging nicht, wir waren „Die Sieben von Teisingen" und nicht die Acht. Und wie du schon sagtest, mit seinem etwas einfachen Denkvermögen hätte er uns nur geschadet!«

Die Atmosphäre im Pfarrhaus wird immer geladener, die beiden Kontrahenten werden immer lauter, erregter.

»Und euer einziges Mittel, nachdem ihr davon erfahren habt, dass er von eurem sogenannten Geheimbund wusste, war, ihn brutal zusammenzuschlagen?!«

»Wir wollten ihm ja nur einen Denkzettel verpassen!«

»Ein ziemlich heftiger Denkzettel, für immer daran erinnert zu werden und sein Leben lang darunter zu leiden, findest du nicht?!« Und in normaler Lautstärke fügt Paul hinzu: »Und um dann, das ergab sich für dich halt sehr geschickt, kurze Zeit später einfach feige abzuhauen!«

»Das hätte ich auch so getan, das hatte ich mit 18 sowieso vor!" Adam versucht von sich abzulenken. Obwohl er die Antwort fast schon kennt, stellt er die Frage: »Was wurde denn aus den anderen, sind sie geblieben?«

»So mutig, wie ihr den Anschein erwecken wolltet damals, ward ihr „Sieben von Teisingen" wohl doch nicht?

Außer dir, der alle Spuren verwischen konnte, der alle Wege hier hinter sich ließ. Deine sechs Blutsbrüder blieben alle hier; es kam dann auch zu einer Verhandlung, doch dicht gehalten haben sie, man konnte ihnen nichts nachweisen. In diesem Sinne hat euer Geheimbund hervorragend zusammengehalten. Sogar Pit hielt still gegenüber seinem Bruder, allerdings mit dem Ergebnis, dass er ihn dann den Rest seines Lebens pflegte und umsorgte. Und dennoch, letztlich ist keiner seiner gerechten Strafe entkommen – mit einer Ausnahme: du!«

Adam steht auf, geht in der engen Kammer einige Schritte, setzt sich wieder hin. Er fühlt sich gerade wie an der entscheidenden Stelle in einer Fortsetzungsgeschichte, deren Anfang er erfolgreich verdrängt hat und von deren Ende er bis eben glaubte, sie würde keinen interessieren.

»Und was geschah dann genau?« Ängstlich kommt die Frage aus Adams Mund.

»Sie sind alle Sechs auf mehr oder weniger angemessene oder gerechte Weise gestorben.«

»Tot und gerecht? Aus deinem Munde? Erzähl weiter!«

Pfarrer Paul Johann nimmt einen tiefen Schluck von seinem Wein, zündet sich seine Pfeife an, die die Luft in dem Raum noch unerträglicher machen dürfte, und schaut gedankenverloren den Rauchwölkchen nach. Er ist allerdings hoch konzentriert und fängt mit seiner Schilderung der Tragödie an. Adam spürt, dass Paul jetzt keine Unterbrechung seiner Worte dulden wird.

»Vom Autounfall von Pit und seinem kranken Bruder Erich 1971 habe ich dir erzählt – wie erwähnt, ähnlich wie Polyneikos und Eteokles, die Brüder in der Schlacht von Theben. Sieben Jahre zuvor, auch das weißt du schon, kam Karl-Heinz, euer Kapaneus, durch eine Explosion um – wenn du so willst, vom Blitz Zeus' getroffen. Und von den anderen hast du ja die Grabsteine auf dem Friedhof bereits gelesen: 1978 Thomas Straub alias Tydeus, erstochen nach Spuren eines Kampfes in seiner Wohnung, den Täter hat man nie geschnappt. 1985 starb dann Peter Huf oder euer Parthenopaius, auf seinem Feld vom eigenen Traktor überrollt. 1992 schließlich Heinrich Kleinert, euer Hippomedon, man fand ihn im Feuerlöschteich, die offizielle Todesursache lautete: betrunken ertrunken. Und dann der letzte in eurem Bunde: Amphiaraos, euer Seher Albert Riedlinger verließ, nachdem er nicht mehr an Zufälle in den Gesetzmäßigkeiten der Todesfälle seiner damaligen Freunde glauben wollte, unser Dorf und zog in die Stadt. Allerdings waren seine seherischen Fähigkeiten doch nicht so ausgeprägt – kurz vor der Jahrtausendwende fuhr er nachts im Schneesturm mit seinem Auto in einer unübersichtlichen Kurve in einen tiefen Graben und überschlug sich mehrmals. Der Unfall wurde erst nach Tagen entdeckt, für Albert kam in dem eingeklemmten Wrack jede Hilfe zu spät.«

Wie ein Häufchen Elend sitzt Adam in seinem Stuhl, fassungslos starrt er vor sich hin. Die gnadenlose Stimme von Paul schreckt ihn plötzlich auf aus seinen lethargischen Gedanken, noch immer benommen von der Gewalt der Worte, noch immer betäubt von der verbrauchten, tabakgeschwängerten Luft im Raum.

»Du warst doch früher immer ein guter Rechner, ist dir was aufgefallen?«

Klar erkannte Adam schon bei der Aufzählung seiner toten Freunde von früher das Gesetz der Serie, sozusagen der gerechten Serie aus Sicht des Pfarrers. 1957 hatten sie ihren Geheimbund „Die Sieben gegen Teisingen" beschlossen und mit ihrem Blut gegenseitig besiegelt. Alle sieben Jahre danach starb einer von ihnen auf ungeklärte Weise. Und nach 49 Jahren kommt er als letzter Überlebender in sein Heimatdorf zurück, sozusagen von einer Stimme aus dem mystischen Jenseits gerufen, und wird gnadenlos mit der Vergangenheit konfrontiert. Er, Adam bzw. Adrastos, einziger Überlebende in der Schlacht von Theben.

»Warum hast du mir das alles erzählt?«

»Zum einen, weil du mich danach gefragt hast. Und zum

anderen, weil du zurückgekehrt bist, um, so denke ich, die Wahrheit zu erfahren.«

»Ich kam nicht freiwillig hierher, eine E-Mail zwang mich mit eindringlichen und unmissverständlichen Worten, die dennoch kryptisch blieben, meine alte Heimat wieder aufzusuchen. Ich dachte dabei mehr an meine Eltern.« Adam gerät in Wallung. »Paul Johann, woher hattest du meine Adresse?«, peitschte er dem wieder unmerklich grinsenden Pfarrer seine Worte wütend an den Schädel.

»Du weißt genau so wie ich, dass heutzutage die Suchmaschinen im Internet so was von ausgereift sind. Und wie du siehst, machen sie inzwischen auch vor den Gotteshäusern nicht Halt. Nachdem ich bei der Auseinandersetzung mit Aischylos Tragödie, angespornt durch Erich Schoch beziehungsweise Eteokles, meine eigene Fassung der „Sieben gegen Theben“ geschrieben hatte, war es nur noch eine Frage der logischen Kombination, dich zu suchen. Adrastos, du weißt es, wurde durch sein göttliches Pferd Arion gerettet. Und irgendwann wurde ich endlich fündig: Arion Caballo Divinos in seiner Agricultura Pichinchas in Ecuador. Ich habs versucht, und wie du siehst, es hat geklappt.«

»Zufall?!«

»Du weißt doch, in der Bibel gibt es keine Zufälle, nur Wunder. Der einzige Zufall an eurem Geheimbund war vielleicht der, dass die Anfangsbuchstaben eurer Vornamen mit denen der „Sieben von Theben“ übereinstimmten. Doch auch da bin ich überzeugt, nur so kamt ihr erst auf eure Idee. Und die wurde schließlich zu eurem Schicksal.«

Paul macht eine kleine Pause und fährt in einem wesentlich jovialeren Tonfall fort: »Habt ihr euch früher keine Gedanken darüber gemacht, dass euch das Schicksal des Todes ähnlich der Schlacht von Theben ereilen könntet?«

»Wer denkt schon im Alter von sechzehn, siebzehn Jahren daran? Wir wollten einfach nur unser verschlafenes Nest Teisingen ein wenig aufmischen. Wenn du so willst, waren es dumme Jungenstreiche.“

»Eher verrückt als dumm, vor allem tödlich für euch.« Paul verschränkt die Arme vor seiner Brust. »Und das du dich als Adam zu Adrastos und nicht zu Amphiaraos ernannt hast oder du so ernannt wurdest?«

»Albert hatte damals schon eigenartige hellseherische Fähigkeiten, und damit bekam er diese Rolle.« Adam wird fordernd in seiner Stimme: »Und jetzt glaubst du, das Schicksal herausfordern zu können, obwohl du weißt, dass ich als letzter von uns Sieben ...«

Paul unterbricht Adam: »Ich weiß, dass ich die Geschichte nicht neu schreiben kann. Du bist und bleibst derjenige, der in dieser Tragödie die Schlacht überlebt. Doch damals wie heute haben wir uns vor den Göttern zu verantworten. Ich vor meinem am Jüngsten Gericht, du hoffentlich vor Zeus, deinem Kriegsgott.«

Adam schaut durch Paul hindurch ins Leere.

»Du brauchst keine Angst haben, dass du dich noch davor, in unserem irdischen Dasein, einem Gericht stellen musst. Meine Schuldigkeit ist getan, mir ist es gelungen, dich hier, in deinem verlassenen Heimatdorf, mit deiner Vergangenheit konfrontiert zu haben.«

»Was gedenkst du jetzt zu tun, gerechter Gottessohn?"

»In der Bibel steht, dass ›die sieben Seelen Gottes die Welt beleben‹. Und alles, was auf Erden eine Einheit ist, löst sich in sieben Bestandteile auf. Ich bin meinen Weg bis hierher gegangen, dich zu finden. Ich denke, das ist Strafe genug für dich. Zwar werden Erich und deine früheren Kumpel davon nicht wieder lebendig, doch sie leben jetzt bis zu deinem Tod weiter – in dir. So, und nun geh du wieder deinen Weg, doch denke immer daran, dein Leben kennt keine Abkürzungen.«

Adam steht auf. Dumpf schlagen im Inneren des Pfarrhauses die Glocken vom Kirchturm nebenan – sieben Mal. Von draußen kracht der erste Donner und lässt die beschlagene Fensterscheibe der Dachluke höllisch erzittern.

(2007)

Cafésatz

Die Zeitung hier schreibt auch nichts Lesenswerteres als anderswo. Der Kaffee schmeckt vielleicht ein wenig mehr nach Gelassenheit als daheim. Hier drin, in einem dieser typischen, nostalgisch leicht angestaubten Cafés, dämpft Pianomusik den eisigen Wind, der die Schneeflocken unruhig durch die Altstadtgassen jagt. Im gelblichen Licht der tief herabhängenden Jugendstillampen über meinem kleinen Tisch, der außer mir einem weiteren Menschen Platz bieten würde, den ich jedoch derzeit alleine besitze, kommen meine verwinkelten Gedanken ganz langsam zur Ruhe. Die in den Gassen, durch die ich mich die letzten zwei Stunden trotz des Wetters treiben ließ, an jeder Biegung immer wieder angeeckt sind.

Der letzte Schluck des Kaffees, den ich aus meiner Tasse noch trinken könnte, ist schon längst kalt geworden. Wie es das Wetter schon seit Tagen offenbart, das draußen vor der durch geschmolzene Schneeflocken fast blind gewordenen Fensterscheibe einen kleinen Ausschnitt einer im Grunde genommen lebendigen Stadt zeigt. Die heute allerdings, an solchen Tagen, um diese Uhrzeit morgens um zehn, sehr ungastlich wirkt. Es sieht so aus, als wären nur diejenigen unterwegs, draußen in den Straßen und Gassen, die unbedingt raus müssen. Und es sieht nicht nur so aus, es ist auch gewiss so.

Eine reinweiße Stadt, wenn man so will. Wenn man, so wie ich, in den Straßen und Gassen, auf den Plätzen und in den Parks wie die Schneeflocken, die schon seit Tagen fallen, keine Ruhe findet. Eine Stadt, die sich für mich als vorübergehenden Beobachter durch das dichte Schneegestöber auch gar nicht so genau hinter die Kulissen schauen lässt. Ich andererseits dies auch gar nicht möchte.

Bim unterwegs. So lese ich auf einer vorbeifahrenden Straßenbahn. Die hier Bim heißt, weil sie an der Haltestelle kurz vor dem Abfahren noch einmal bimmelt.

Bim. Bim bald im Garten. Bim ganz in deiner Nähe. Für Ersteres ist jetzt nicht die richtige Jahreszeit, höchstens noch im Wintergarten. Und Letzteres hat sich endgültig erledigt, deshalb bin ich ja auch kurz entschlossen in dieser Stadt.

Also, ich bim unterwegs. Gestern war das, gleich nach meiner Ankunft am Westbahnhof. Bim mit der Bim, mit Umsteigen, schnurstracks zum Zentralfriedhof. Mir war danach. Es schwingt nach, jetzt noch, heute, in diesem Kaffeehaus, in dem ich jetzt sitze und einen weiteren Kaffee trinke.

Stundenlang über einen Friedhof laufen? Besser, auf einem Friedhof, der eine eigene, fahrplangeregelte Buslinie hat, mit mehreren Haltestellen. Er hat nicht nur die Großen der Musik, der Literatur, der Kunst und der Politik unter sich. Er lässt sich auch bequem in mehreren Tagen erkunden, ohne dass man auch nur einen Weg zweimal gehen müsste. Sofern man auf den Linienbus, Endstation Friedhof, verzichtet.

Bim schon da, könnte auch auf dem Bus stehen. Doch der bimmelt ja nicht. Und eine solche Botschaft passt vielleicht dann doch nicht zu diesem Ort. Ja, er schwingt jetzt noch immer nach, der Zentralfriedhof. In meiner derzeitigen Stimmung. Mit seiner Größe. Mit seinen Größen. Die Zeitung habe ich gelesen, ohne nennenswerte Erinnerungen daran. Auch der Kaffeesatz in der leeren Tasse verspricht nichts Bemerkenswertes. Ich lebe im Gestern. Lese in Grabsteinen, oh Gott. Auf dem ein ihm Anvertrauter für die Ruhe hier unten gedankt hat, die ihm auf der Erde nicht vergönnt war. An einer anderen Stelle ruht eine ehrenhafte Jungfrau, auf deren fein ziseliertem Kreuz sich in und mit Liebe ihr dankbarer Sohn verewigt hat. Neben einem der durchaus schon prominenteren Wege hat vor mehr als 90 Jahren im Alter von 59 Jahren ein Realitätenbesitzer seine letzte Ruhe gefunden; ich wünsche es ihm, dass ihn nicht dort auch noch die Realität eingeholt hat.

Mir lässt diese Berufsbezeichnung jedenfalls keine Ruhe, vielleicht hat er ja in seinem Leben auch schöne Realitäten besessen? Dann wieder hat mich die Toleranz der Kirche überrascht, lese ich doch, vom Schnee halb verdeckt, dass eine hochbetagte Dame mit den k. u. k. Sterbesakramenten versehen, in Gottes Reich zurückkehren durfte. Glücklich, so denke ich, ist es demjenigen ergangen, auf dessen Stein in schwungvollen Lettern geschrieben steht, dass ihm selbiger vom Herzen gefallen ist ...

Die Frage des Obers, dessen Fliege akkurat die untere Hälfte seines Doppelkinns einigermaßen geschickt verdeckt, nach einem weiteren Wunsch, mit dem er mich bedienen könne, holt mich zurück in meine Realität. Das kurz vor der tolerierten Zeitgrenze des Vormittags servierte Frühstück mit diversen süßen Stückchen und Früchtchen ist ein Gedicht.

Und mit einem Male erkenne ich, dass diese Stadt, diese Stimmung, ja, meine Situation es geradezu herausfordert, jetzt, in diesem Kaffeehaus ein Gedicht zu schreiben.

An einem tristen Tag wie heute

An einem tristen Tag wie heute wäre es gut,
in einem kleinen Café zu sitzen,
einen Cappuccino zu trinken
und nicht aus dem Fenster zu schauen.

An einem tristen Tag wie heute wäre es gut,
in einem kleinen Café zu sitzen,
sich das Leben zu versüßen
und nicht auf die Zeit zu achten.

An einem tristen Tag wie heute wäre es gut,
in einem kleinen Café zu sitzen,
mit einem lieben Menschen zu sprechen
und nicht in der Zeitung zu lesen.

An einem tristen Tag wie heute wäre es gut,
in einem kleinen Café zu sitzen,
das Licht der Sonne zu spüren
und nicht an das Triste zu denken.

Der Kaffee hier schmeckt wirklich ein wenig mehr nach
Gelassenheit als daheim. Hier am Tisch, in einem dieser
typischen, nostalgisch leicht angestaubten Cafés, in dem
Pianomusik den eisigen Wind dämpft, der mir so kurz entschlossen und endgültig ins Gesicht geblasen ist.

(2005)

Für das Innere

Sein letzter Urlaub liegt ewig zurück. Und, Alexander sortiert seine Erinnerungen daran, so ein richtiger entspannter, für die Seele genussreicher Urlaub war es auch nicht. Mit einer Prise Wehmut lächelt er in sich hinein.

Die Toskana war damals absolut in, mehr noch, die kreative Toskana war angesagt. Alexander reiste zu einem einwöchigen Kochkurs in das klassischste aller toskanischen, ja italienischen Weinanbaugebiete, ins Chianti. In Panzano, nur wenige Kilometer südlich von Greve auf einer traumhaft gelegenen Fattoria, lernte er so manch faszinierendes Geheimnis der toskanischen Küche kennen und lieben. Zur absoluten Krönung wurde das Abschlussmenü am letzten Abend in dem verwunschenen Garten des alten, wunderschön restaurierten Bauernhofes etwas außerhalb des Ortes. Ein Menü, das die Teilnehmer dieses Kochkurses den ganzen frühsommerlichen Tag über leidenschaftlich zubereitet und gezaubert hatten.

Alexander wird es nie vergessen, dieses Festessen. Als Antipasto gab es *Fagioli al forno*, weiße Bohnen in Olivenöl leicht angebacken. Come primo kam eine typische Pasta auf den Tisch, *Spaghetti con carciofi*, Kräuter-Spaghetti mit Artischocken. Il secondo piatto war der Höhepunkt, *Triglie brasale con finocchie*, geschmorte Rotbarben mit Fenchel im eigenen Sud. Und als Dolce präsentierte sich die kulinarische Toskana von ihrer geschmackvollsten Seite, das Erlebnis der besonderen Art war die selbstgemachte *Torta di pinoli*, der Pinienkuchen. Vor diesem rauschenden Mahl, auch das hatte Alexander nicht vergessen, führten die Teilnehmer eine hitzige Diskussion unter der toskanischen Sonne, die zur nachmittäglichen Stunde die seidige Luft schon genug aufheizte. Die Teilnehmer? Alexander erinnert sich an die acht frischgebackenen Kochkünstlerinnen und -künstler sowie zwei Experten; der eine ein mehrfach ausgezeichneter Koch, der mehr mit den Händen redete als seine Stimme benutzte, der andere der Padrone selbst, dem jeder ansehen konnte, dass er auf seiner eigenen Fattoria der regelmäßigste Gast bei Tisch war.

Sie alle steigerten sich in einen wahren Meinungsrausch, welcher Wein am Abend auf die lange, von der Ehefrau des Padrone liebevoll gedeckten Tafel unter der Pergola kredenzt werden sollte. Dass es ein Chianti sein musste, darüber waren sich die Teilnehmer schnell einig. Natürlich kam der von den eigenen Weinstöcken des Padrone. Zu den Rotbarben allerdings bestand Giuseppe, der Koch und Begleiter dieses einwöchigen Kurses, auf einen Weißwein, mit Recht. Doch nicht auf irgendeinen Weißen, nein, ein Galestro sollte es sein, ein noch relativ neuer Wein, der erst mit Beginn der achtziger Jahre in der Toskana angebaut wurde. Ein befreundeter Winzer des Padrone hatte ihn mit als erster kultiviert. Sie war wirklich heftig, die mit Herzblut geführte Diskussion. Doch der Chef des Hauses und sein Chefkoch setzten sich letztlich durch. Die kurzfristig anberaumte Weinprobe, mit einem über mehrere Jahre hinweg ausgereiften Pecorino hervorragend veredelt, überraschte Alexander und seine sieben Mitstreiter. Der Galestro passte hervorragend zu Fisch, ein wirklich idealer, richtig passender und trockener Sommerwein. Letztlich waren sich alle darin einig, es stimmte einfach alles in dieser Woche, auf dieser Fattoria.

Allein die Fahrt von Florenz, wo Alexander damals hinflog, über Greve nach Panzano wurde für ihn bereits zu einem Sinnesrausch. Dieses sich ständig wiederholende Augenaufreißen hinter jeder Kurve, nach jeder Biegung der Straße. Ein Staunen, ein Einsaugen von Bildern und Momenten. Dann plötzlich fast schon verkrüppelte, teilweise windschiefe Olivenbäume auf einer Anhöhe mit rostbraunem Untergrund. Von einem Moment auf den anderen loderte von jetzt auf gleich die Landschaft in einem gelben Meer von Blüten, um sich dann nahtlos wieder in Myriaden von Reben und Obstbäumen zu verwandeln. Zwischendrin unerwartet ein Streifen hellgrüner Wald mit jungen Eichenbäumen, wie die Schleppe eines Hochzeitskleides hingelegt. Über allem ein berauschendes Licht aus einem blassblauem Himmel mit seinen bizarren Wolkengeistern und -elfen bis hinunter in die Hügeltäler, in denen die Schatten noch eine leichte Kerbe schlugen. Felder mit jungem, sich leicht im Winde wiegendem Korn, bunte, meist von zartroten Mohnblumen durchtränkte Wiesen und Weiden, dann wieder direkt am Straßenrand ein Stück Macchia, in dem grell leuchtendgelb der Ginster blendete. Alexander gab sich der Magie der Impressionen hin, die kaum ein Künstler besser hätte malen können. Wie hypnotisiert nahm er den grandiosen Vielklang der Toskana auf. Sonne, Wärme, Milde, Licht und Farben bildeten ein Kaleidoskop der Natur. Alexander nahm das Unsichtbare wahr, sah das Ursprüngliche, empfand das Sensible, spürte alle seine Sinne.

Im gleißenden Licht der Mittagssonne kam er schließlich auf der Fattoria an, stand minutenlang vor der Kulisse eines noch nie erlebten Schauspiels, sprachlos. Zypressen versteckten die mächtigen Mauern des ausladenden Hauptgebäudes. Die Farben der Natur wurden für Alexander neu geboren. Er selbst fühlte sich ebenso. Der sich öffnende Vorhang verschmolz zu einem Reigen glücklich ineinander verwobener Eindrücke, zu tanzenden Wesen tausendfältiger Ahnungen, Gefühle, Wünsche und Träume. Jedes Fleckchen Erde schmückte sich bunt, Mittagsblumen auf Steinen und Mauern ragten ihre geöffneten Köpfe der Sonne entgegen. In jeder Mauerritze leuchtete es auf, in verwilderten Gärten, in ausgehöhlten Terrassen, über vermoosten Stufen hatte sich ein farbenfrohes Verwirrspiel verbreitet. Kräuter wuchsen neben Unkräutern, es duftete betörend nach Gewürzen. In den Winkeln der Terrassen, auf den Treppen, neben den Marmorplatten, die zur Pergola führten, standen Tontöpfe und wetteiferten um den prächtigsten Blütenrausch, ehrwürdige Steineichen und Pinien, ein uralter Kirschbaum spendeten Schatten, warfen im Zusammenspiel mit dem Sonnenlicht immer wieder neue Bilder an die rückseitige Fassade des alten, in Ockertönen gekleideten Bauernhofes. Auf den Balkonen wucherte es im wahrsten Sinne des Wortes von Wucherblumen, die so viel schöner als ihr Name sind. Die sanften Hänge bis auf die andere Seite des kleinen Hügels, auf dem sich der alte Ortskern von Panzano anschmiegt, lagen im noch satten Grün mit lila und weißen Blütenkelchen der Zitrosen getupft, die, wenn sich eine der kleinen Wölkchen vor die Sonne schob, im schattigen Licht hell aufleuchteten.

Mit diesem Eröffnungsbild sollte Alexander eine Woche lang jeden Morgen begrüßt werden. Stand er doch bereits mit dem Gesang der ersten Vögel auf, obwohl es am Abend zuvor meist sehr spät in der Nacht wurde. Oder sehr früh, wie man wollte. Doch es sollte für Alexander eine spürbare Zeremonie werden, diese frühen Morgenstunden im Einklang mit der Natur, für sich alleine, während die anderen noch schliefen. Spätestens mit dem Frühstück um neun Uhr kam eine Zeit für andere Dinge, die Zeit für Essen und Trinken. Schon mit dem ersten Caffè, der ersten Latte Macchiato, dem ersten Stück Ciabatta mit Pinienhonig, der ersten Brioche mit selbstgemachter Pfirsichmarmelade, den ersten Erdbeeren im Joghurt, dem ersten Glas frisch gepressten Orangensaft wurde nicht nur gegessen und getrunken, es wurde auch über das Essen und Trinken geredet. Über das, was der gerade angefangene Tag den angehenden Kochfreunden der Toskana bis in den langen Abend hinein beschäftigen würde.

Es roch schon morgens vorzüglich, was Giulia und ihr Mann Raffaele, die Besitzer der Fattoria, auf den weiß gedeckten Tisch, der auf der Wiese mit der Morgensonne strahlte, brachten. Giuseppe hantierte schon mit allen Körperteilen, um den Essensfahrplan für den laufenden Tag mit den Teilnehmern festzulegen. Es kamen Vorschläge auf den Tisch, was an diesem Tag zubereitet werden sollte. Die weitere Verfolgung der Vorschläge fand nach dem Frühstück entweder auf dem Markt in Greve, einer Stätte prallen Lebens, statt, oder die Gruppe ging in den Ort, um in der Agricola von Panzano die Zutaten für das jeweils anstehende, von allen selbst zu bereitende Abendmahl einzukaufen. Mittags dann, mit Rückkehr auf die Fattoria, gab es eher Spartanisches, der Hunger sollte für den Abend erhalten bleiben. Frisches Bauernbrot, von Giulia am Vormittag während der Abwesenheit der angehenden Kochkünstler gebacken, dazu ein köstlicher Schinken, eine delikate Auswahl an Käsen, das musste für den Rest des Tages reichen. Nicht ganz, wurde doch immer wieder auch probiert, was die Teilnehmer im Laufe des Nachmittags dann in der Küche gewerkelt hatten. Zuvor gaben der Padrone und sein Koch Exkursionen über Kräuter, über Wein, über Käse, die Dame des Hauses über Brot, es wurden Kochrezepte besprochen, es wurden Vorschläge über die passenden Ingredienzien gemacht, es gab Demonstrationen über energetisch zubereitetes Gemüse. Kurz: Bevor es zum praktischen Teil in die Küche ging, wurde theoretisiert. Mit Händen und Füßen, mit Nase und Mund. Von Minute zu Minute unbefangener, lebhafter, lockerer. Und abends dann mit Beginn der untergehenden Sonne kam es endlich zum wohlverdienten Mahl, das sich Stunden hinzog, bei dem auch der Alkohol seinen Teil beitrug, in dem bis in die frühen Morgenstunden hinein philosophiert wurde. Die Sterne am klaren Himmelszelt lächelten milde.

Nein, erinnert sich Alexander an die Tage in der Fattoria zurück, ein wirklicher Urlaub war es beileibe nicht, das tägliche Einkaufen, Zuhören und Kochen in der ständig dampfenden, erhitzten Küche. Lediglich das Essen am Abend entschädigte ihn für den mit Arbeit ausgefüllten Tag. Und die frühen Morgenstunden, die Alexander am intensivsten genossen hatte.

Und doch, ja, er erinnert sich auch sehr gerne daran zurück, vor allen Dingen blieb ihm der letzte Abend erhalten.

Nach diesem göttlich-köstlichen Mahl, das mit einer Reihe von Grappe endete, gab der Padrone noch eine besondere Geschichte preis. Gleich unterhalb seiner Fattoria führte eine alte römische Straße entlang, von der einige wenige Reste wohl noch erhalten waren. Es war kein bedeutender Weg, den die Römer auf ihren Spuren Richtung Norden durch Panzano, das es zu dem damaligen Zeitpunkt höchstwahrscheinlich noch gar nicht gab, nahmen. Raffaele redete sich in einen wahren Rausch, weniger vom Wein, mehr von den Erkenntnissen, die dieser Weg für ihn so interessant und spannend machten. Es war seiner Aussagen zufolge ein nicht ganz so unwichtiger Transportweg für Lebensmittel, die in die Garnisonen der nördlichen Regionen des damaligen Römischen Reiches gebracht wurden. Ob es stimmt oder nicht, spielte keine Rolle, allein die Erzählkunst von Raffaele ließ alle aufhorchen, machte seine Worte zu einer tollen Geschichte. Sie führte am Ende nach Rom, zu einem für die damalige Zeit ziemlich kritisch beurteilten Zeitgenossen, zu Marcus Gavius Apicius. Dieser Apicius setzte der römischen Kochkunst um Christi Geburt herum, zu Zeiten des Kaisers Tiberius, ihren ersten außergewöhnlichen Stempel auf. Marcus Gavius Apicius, so begeisterte sich der Padrone immer mehr, war nach seinen Erzählungen der Erste, der das Kochen zu einem richtigen Beruf, ja mehr noch, zu einer Berufung machte, und er damals auch schon erste Kochkurse veranstaltete.

Mit diesem faszinierenden Gedanken, dass vor rund zweitausend Jahren bereits Menschen das getan haben, was Alexander in der zurückliegenden Woche in ähnlicher Form begeistert hatte, fuhr er einerseits mit leichtem und andererseits gleichzeitig auch mit schwerem Herzen wieder in sein heimatliches Deutschland. Leicht, weil es insgesamt eine erlebnisreiche und ungewöhnliche Woche in der Toskana war. Schwer, weil er wusste, was ihn zu Hause wieder erwarten würde. Die Erinnerungen an Giulia, Raffaele, Giuseppe und seine sieben Kochfreunde verblassten zunehmend. Doch der Alltag, der ihm danach zwar oft genug über den Kopf wuchs, brachte andererseits Alexander als ausgleichende Gerechtigkeit auf den Geschmack. Auf den Geschmack der römischen Küche. Die fand er in einem Kochbuch, das auf der Grundlage der Rezeptsammlung des Marcus Gavius Apicius Gerichte beschreibt, die mit den heutigen Möglichkeiten der Umsetzung und der Zutaten auch ohne Schwierigkeiten zuzubereiten sind. Der Nachteil, dass die Kochanleitungen von Apicius in seiner ursprünglichen Version ohne Maßeinheiten ausgekommen sind, wurde für Alexander zu einem unwiderstehlichen Vorteil. Er konnte einfach drauflos kochen und nach eigenem Gusto wählen, würzen, Zutaten hinzufügen oder weglassen. Die Küche der alten Römer wurde für Alexander zu einem Experiment, das ihm viel Freiheit ließ, das ihm viel Spielraum bot, das ihm viel Spannendes und Abwechslungsreiches an lukullischen Finessen eröffnete, von denen er nach seinem kulinarischen Aufenthalt in der Toskana überhaupt noch nicht zu träumen wagte.

Alexander wurde in den letzten Jahren immer mehr zu einem Spezialisten für römische Kochkünste, die er nach heutigen Maßstäben verfeinerte. Er entwickelte sozusagen eine imperiale Haute Cuisine, oh, scusa, naturalmente una Cucina eminente. Für Freunde und Bekannte wurde seine Wohnung zum beliebten Treffpunkt, um sich bei ihm mit immer neuen Überraschungen verwöhnen zu lassen. Sein Alltag fand über die letzten Jahre hinweg immer mehr Raum in seiner Küche. Er brachte jedes Mal aufs Neue ungewöhnliche und dennoch äußerst geschmackvolle Menüfolgen auf den Tisch. Doch verraten hat er bis heute kein einziges seiner Rezepte. Wird Alexander gefragt, wie er das eine oder andere zubereitet hat, lacht er nur und verweist auf das Kochbuch des Apicius. Und seine Phantasie, die den Ausschlag für jedes dieser gelungenen Essensfeste gibt, lässt sich, so wird seine Antwort lauten, nicht in Worte, geschweige denn in Bücher fassen.

Was mit einem für Alexander ungewöhnlichen, doch heutzutage eher normalen Kochkurs damals in der Toskana einen sehr zufälligen Anfang genommen hatte, soll jetzt der Beginn einer neuen Ära seiner Küche werden. Heute Nacht oder nie, sagte sich Alexander vor wenigen Tagen, als er von einem kulinarischen Leseabend im hiesigen Literaturhaus hörte. Es ist ja nicht von vornherein auszuschließen, dass Alexander von einem Gourmet oder Gourmand angesprochen wird, der demnächst ein kleines, aber feines Restaurant unter dem Namen „Alexander featuring Apicius" eröffnen möchte und noch einen Chefkoch sucht. Ähnlich ungewöhnlich wie Pollo Romilius bei einem Gelage seinerzeit von Caesar Augustus gefragt wurde, warum es ihm gelungen ist, einhundert Jahre alt zu werden. Romilius gab ihm zur Antwort: durch Mulsum für das Innere, mein Caesar.

Alexander ist noch lange keine hundert, doch auf sein tägliches *Aqua mulsa*, sein Glas Wein, möchte auch er nicht mehr verzichten. Und wenn er hier und heute im Literaturhaus gefragt werden sollte, wie es ihm gelungen ist, eine rund zweitausend Jahre alte Küche wiederzubeleben, wird Alexander antworten: „Mens sana in corpore sano, salute!"

(2005)

In einem fernen Spiegel

Mit einer eigenartigen Mischung aus trauriger Ohnmacht und leichtfertigem Vertrauen packte er seinen Koffer und fuhr in Richtung Süden. Das war vor sechzehn Jahren, 50 war er damals. Marta sollte Robert Faust retten. Ein kleiner Ort namens Marta, ohne h, am Ufer des Lago di Bolsena nördlich von Rom. Der Zufall wollte es so.

Seine Martha, die mit h, hatte ihn kurz zuvor verlassen. Von heute auf morgen. Und mit ihr die gemeinsame Tochter, die sie in einem relativ hohen Alter noch bekamen, gerade mal zwei Jahre war sie damals. Doch bei der Geburt war es ein Wunschkind, die kleine Anna; sie sollte ihre gemeinsame Ehe retten, ihre, als sie 42 war, seine, er wurde kurz zuvor 48 Jahre.

Das letzte, was Martha Robert an deutlich sichtbaren Spuren hinterließ, war ein Brief mit zittrig geschriebenen Worten:

Leb wohl, Robert. Und mehr Glück ohne mich, ohne uns, M.
PS: Du wirst verstehen, dass ich Anna mitnehme. Mitnehmen muss, da sie ja bei Dir nicht bleiben kann.

In Roberts Geist war es in der Blütezeit seines Lebens, von der er dachte, sie – die Zeit – öffnet ihm das Herz, in dem sie – die Blüte – sich ihm öffnet. An diese Blüte glaubte er allerdings schon von Jugend an, mehr als zwanzig Jahre, vergebens, sie ging nie auf. Bis Martha, seine Frau, auch nicht mehr daran glaubte. Und sie aus seinem Leben verschwand, mit Anna im Arm.

Seit sechzehn Jahren lebt Robert nun schon in Marta ohne h und ohne Martha mit h, doch in ständiger Erinnerung an sie. Und an seine Tochter. In dem kleinen, verträumten Ort, in dem er, kurz nachdem ihn beide verlassen hatten, auf einer Fahrt ins Vergessen oder Verdrängen unbeabsichtigt hängenblieb, fand er Stille und Inspiration. Robert konnte sich nach und nach an Ursprünglichem und Sensiblem erfreuen. Mit der Ruhe, mit der Abgeschiedenheit, mit der Rückbesinnung an Authentischem, spürte er in der verwunschenen Idylle, die ihm zum Atelier wurde, die Kraft, die er zuvor zeitlebens nicht gefunden hatte. Es waren die letzten Worte, die handschriftlichen seiner Frau, in denen Robert die Sensibilität herauslas, hinzuhören, wenn Gedanken und Worte keinen Sinn mehr gaben und ergaben. Die Worte seiner Frau, die er immer noch liebte und ohne die er, ohne je wieder ein Zeichen von ihr gehört oder gelesen zu haben, sein Glück gefunden hat.

Seine Ausstellung in der Galleria dell'Arte Moderno in Rom vor vier Monaten war der Durchbruch. Unter der Überschrift *Mormorio d'autunno* war im Kulturteil der angesehensten Tageszeitung Roms am nächsten Tag unter anderem zu lesen:

Robert Faust konnte sich im reifen Alter von bald 65 Jahren seinen größten Wunschtraum erfüllen ... Seine erste Ausstellung zeigt Bilder aus seiner Schaffenskraft, die er am Lago di Bolsena gefunden hat. In der Oberfläche des Sees sieht er immer ein Spiegelbild seiner vor langer Zeit spontan verlassenen Heimat in Deutschland ... Der narrative Stil seiner Bilder bringt das zum Ausdruck, wie es der Galerist Umberto Locchi in seiner Eröffnungsmatinée letzten Sonntag treffend charakterisierte, was der Künstler jahrzehntelang vergeblich suchte und dann endlich in seinem winzigen Atelier am Lago di Bolsena reifen konnte. Locchi wörtlich: Anlässlich einer meiner wenigen Besuche in seinem fast schon klösterlichen, spartanischen Atelier in der Abgeschiedenheit am Ortsrand von Marta erwähnte Robert Faust einmal, dass das, was andere in seinen Bildern zu erkennen glauben, er aus seiner abgeschiedenen Stille heraushört.

Diese Abgeschiedenheit seines zunächst unfreiwilligen und dann liebgewonnenen Lebensdomizils gab Robert neuen Mut, neue schöpferische Stärke, ohne Zweifel. Doch den Ausschlag für seinen späten Erfolg hat er jemand anderem zu verdanken, gewiss nicht dem Galeristen, der meint, ihn entdeckt zu haben.

Exakt am Tag ihres 18. Geburtstages zog Anna aus ihrem Elternhaus aus, das für sie nie eines war. Ihre Mutter hatte sie nach der damaligen Trennung von ihrem Mann nie mehr geliebt, Anna fühlte sich als notwendiges Übel aus einer Ehe, die scheiterte, als störender Restbestand, der nach und nach in fast vollkommene Vergessenheit geraten sollte. Und für den neuen Lebensgefährten von Martha blieb Anna ein lästiges Anhängsel, das nur störte.

Als Anna dies richtig bewusst wurde, ging sie auf die Suche nach ihrem Vater, bzw. machte sie sich auf den langwierigen Weg, ihn aufzusuchen. Zu ihrem Vater, von dem sie über all die Jahre ihrer Kindheit hinweg nichts wusste, hörte, kannte, außer seinen Namen und sein Alter. Der Wille, ihn zu finden, machte sie stark; und mit ihrer Volljährigkeit verließ Anna das Joch ihrer Mutter Martha und fuhr zu ihrem Vater nach Marta. Bald zwei Jahre lang hatte sie alles in Bewegung gesetzt, um herauszufinden, wer ihr Vater ist, was er macht, wo er lebt. Und dann – sie wurde 17 – hatte Anna ihn und seinen Wohnort aufgespürt.

Anna verließ ihre Mutter so, wie sie damals ihren Mann verließ. Einzig die Worte in ihrem Brief waren andere. Nur einen Tag später traf Anna ihren Vater – er malte versunken an seiner Staffelei in dem verwilderten Garten direkt am Lago di Bolsena. Sie spürte es mehr, als dass sie es sah, seine Bilder erzählten ihr sofort das Unsichtbare im Sichtbaren.

Roberts Tochter, die er sechzehn Jahre nicht gesehen hatte, blieb in Marta, lebt seit mehr als drei Jahren mit ihrem Vater zusammen in seiner Galerie. Anna sitzt in einem Korbsessel im Garten und liest den Zeitungsartikel über den Erfolg ihres Vaters, lächelt in sich hinein ... diese Galeristen mit ihren eigenartigen Interpretationen, warum ein Künstler so oder so ist, dies oder das so macht, was ihn wo und wie inspiriert.

Sie alleine weiß, was ihren Vater wirklich bewegt hat.

(2008)

Inseltheater

Die Generalprobe fängt um halb drei an. Zumindest für mich öffnet sich in dieser Minute der Vorhang. Es ist ein furioser Auftakt.

Ich habe gerade den letzten Tunnel unterhalb von Oltre Vara, einem typischen ligurischen Bergnest, auf der A 12, der Autobahn zwischen Genua und der Grenze zwischen Ligurien und der Toskana hinter mir, als sich die Landschaft wieder sehr viel sanfter ausbreitet. Rechts sind der südlichste Teil des Cinque Terre und die Gebirgsausläufer der Arcola vor dem Golf von La Spezia und dem weiten Meer im diffusen Licht des Mondes zu erkennen, links thronen die Alpi Apuane, die Apuanischen Alpen mit ihren Marmorfestungen, dunkel zu erahnen noch weit am Horizont. Die Uhr neben dem Tachometer zeigt halb drei in der Nacht, und mit einem fulminanten Bühnenbild sehe ich die gesamte Bergkulisse in südöstlicher Richtung plötzlich hell erleuchtet vor mir. Hauptdarsteller ist die Natur, zugleich Protagonistin und Antagonistin, alles in einem, Regisseurin, Bühnenbildnerin, Maskenbildnerin, Requisiteurin, Beleuchterin. Und natürlich eine großartige Schauspielerin.

Ich bin auf der Fahrt zu meiner Lieblingsinsel, der Isola del Giglio im toskanischen Archipel, rund 30 Seemeilen südlich von Elba. Etwa zehn Minuten vor La Spezia inszeniert die Nacht für mich ein Wetterleuchten in allen nur denkbaren Gelb-, Rot-, Blau- und Grüntönen, das mir eine Stunde lang bis Livorno, bis die sanften Ausläufer der toskanischen Hügel, die Colline Metallifere, wieder nah an die Autobahn und näher ans Meer rücken, eine faszinierende Aufführung schenkt. Tragedia, Tragicommedia, Commedia, Opera, Opera buffa, Baletto und Spettacolo in einem.

Als kurz hinter Livorno der Vorhang fällt, in dem sich bereits schon ganz vorsichtig von Osten her das erste Morgenlicht ankündigt, applaudiere ich minutenlang. Was für ein gelungener Auftakt meiner Reise auf Giglio!

Zwei Stunden später sollte ich im dezent einsetzenden Tageslicht am Hafen von Porto San Stefano stehen und auf die Fähre nach Porto Giglio warten. Von Gewitter keine Spur mehr, ein Frühsommertag im Mai kündigt sich an. Zeit für einen Cappuccino und eine Brioche in einer der noch leeren Bars, die sich der Reihe nach zwischen einigen Fisch- und Lebensmittelgeschäften auf der gebogenen Hafenpromenade postiert haben. Alles ist noch ruhig, doch spätestens eine halbe Stunde vor Abfahrt der ersten Fähre heute Morgen kommt Leben in die Straße am Hafen und in die Bars. Schnell noch einen Caffè oder Caffè macchiato, bevor die einstündige Überfahrt mit dem Traghetto, der Autofähre beginnt.

Zwanzig Minuten, bevor die Fähre übersetzt, öffnet der Schalter für die Tickets. Wie gut, denke ich, dass ich trotz der Vorsaison Anfang Mai vorgebucht habe, hat sich doch eine lange Menschenschlange vor der Biglietteria gebildet. Doch wenig später, bei der Auffahrt mit dem Auto aufs Schiff, muss ich erkennen, die wenigsten fahren per Macchina. Einige Lieferfahrzeuge, kaum Touristen. Die meisten sind wohl Einheimische. Wie ich später erfahren sollte, Pendler, die tagsüber auf der Insel arbeiten und abends mit der letzten Fähre wieder zurück nach Hause aufs Festland fahren.

Die Fähre öffnet ihre Ladeluke für Passagiere und Fahrzeuge. Alles geht ziemlich gelassen und doch in der typischen Lautstärke mit viel Gestikulieren vonstatten. Mein Blick fällt auf den Bug links oberhalb der Ladeluke. In schwarz lackierten Lettern auf weißem Grund steht „Isola del Giglio" auf dem Schiff. Doch das nun schon grellere, direkte Licht der Sonne bringt es an den Tag, an den beginnenden Tag. Irgendwann einmal, wer weiß, wie lange es zurückliegt, tat die Fähre höchstwahrscheinlich ihre zuverlässigen Dienste hoch im Norden Deutschlands zwischen Emden oder Norden oder Wilhelmshaven und den Ostfriesischen Inseln. Überlackiert und dennoch durch die Erhabenheit der Buchstaben ist der alte Name sichtbar: „Niedersachsen". Zwei Wochen später, auf der Rückreise sollte es noch nördlicher werden. Die Fähre, die mich sicher wieder ans Festland an den Monte Argentario bringt, muss in ihrem ersten Leben durch skandinavische Gewässer hin- und hergependelt sein. Hinweistafeln und Warnschilder sind neben den nachträglich angebrachten italienischen Angaben und den obligaten englischen Texten in dänischer und schwedischer Sprache. Ein schönes Los, auf seine alten Tage von der Ostsee ins Mittelmeer versetzt zu werden.

Die Überfahrt mit der „Isola del Giglio" dauert etwas über eine Stunde. Vorbei am Leuchtturm des Punto Lividonia, der nördlichsten Nase des Monte Argentario, pflügt das kleine Fährschiff durch das sanft wellige Mittelmeer. Vor uns ist die bergige Silhouette von Giglio bereits im Morgendunst erkennbar, rechts erahne ich die sehr flache Isola di Giannutri mit ihrer römischen Ausgrabungsstätte der Villa Romana. Langsam rückt Giglio näher. Die beiden Leuchttürme von Giglio Porto, links der rote, rechts der grüne an den beiden Dämmen der Hafeneinfahrt und das malerische Adlernest Giglio Castello, eng angeschmiegt auf den Felsen an den Ausläufern der höchsten Erhebung, sind bereits mit bloßem Auge erkennbar.

Das Fährschiff drosselt die Motoren, wir passieren die Leuchttürme. Eine Kulisse wie im Bilderbuch: Giglio Porto zeigt sich im strahlenden Sonnenlicht von seiner besten Seite. Ein halbrundes Panorama, das zu den typischen Klischees toskanischer Häfen passt. Ganz links außen erhebt sich ein Mediceer-Turm. Der Blick weiter nach rechts gleitet an den engen und schachtelartigen Häusern, buntgewürfelt in Gelb-, Orange-, Ocker-, Blau- und Weißtönen, vorüber, unterbrochen durch die Anlegestelle der Fähren. Dahinter thront die Kirche von Giglio Porto, die Chiesa San Lorenzo, und zeigt jedem Ankömmling, was ihre Stunde geschlagen hat. Das rechte Viertelrund der Hafenpromenade ist wiederum ein Kaleidoskop von toskanischen

Farben aller Schattierungen. Kleinere und größere Häuschen von den oberen Rängen gleich unterhalb des Hügelmassivs mit seinen Weinbergen und Macchiahängen bis hin zu den auf Stelzen im Wasser stehenden Restaurants vermitteln vom ersten Augenblick an eine faszinierende Urlaubsstimmung. Die kleinen Fischerboote vor dieser Kulisse konkurrieren mit den sonnendurchfluteten Fassaden und dem tiefblauen Wasser im bunten Licht der Farben. Am rechten Ende des Hafens liegen bereits einige Sonnenanbeter auf einem kleinen Sandstrand und etlichen vorgelagerten Felsen, deren bequeme Ausbuchtungen zum horizontalen Träumen direkt am Meer einladen.

Die Müdigkeit meiner schlaflosen Nacht ist vergessen. Hat mich zwischen La Spezia und Livorno noch das grandiose Welttheater in Atem gehalten, werde ich in der nächsten Woche die einzelnen Genres des Theaters auf den kleineren Bühnen der Insel erleben. Der erste Akt erwartet mich in dem engen Hafen von Giglio Porto. Für die Inselbewohner und die täglichen Pendler auf der Fähre ist es Routine, ich erlebe mein gerade beginnendes Gastspiel auf Giglio als mittlere „Tragedia".

Auf der nur denkbar knappsten Wasserfläche zwischen den Molen und der Anlegestelle muss die Fähre wenden, damit die Fahrzeuge nicht rückwärts auf den Kai gefahren werden müssen. Einige Jachten, viele kleine und größere Fischerboote, die meisten meeresblau und algengrün gestrichen, kommen mächtig ins Schaukeln. Mit Einlaufen der Fähre erstarrt für kurze Zeit das menschliche Leben im Hafen, die künstlich erzeugten Wellen der riesigen Schiffsschraube diktieren den Rhythmus des bunten Treibens.

Doch routiniert setzen Kapitän und eine Reihe seiner Kommandos entgegennehmenden Mannen in dunkelblauen Strickpullovern mit den großen Lettern der Fährlinie darauf das Schiff exakt an die Rampe – trockenen Fußes die einen, trockenen Rades die anderen, wird alles die Fähre verlassen.

Auf festem Boden beginnt der zweite Akt. Autos, die auf die Fähre wollen, stehen Autos, die von der Fähre wollen, Scheinwerfer in Scheinwerfer gegenüber. Es wird eng auf dem sonst schon sehr begrenzten Flächen, die von Fahrzeugen benutzt werden können. Erschwerend kommt hinzu, dass heute wohl noch Wochenmarkt ist und die fahrbaren und montierten Stände zusätzlich für extremen Platzmangel sorgen. Drei Uniformierte, schätzungsweise die komplette Besetzung der Inselpolizei, versuchen, der Rushhour im Hafen Herr zu werden. Wild gestikulierend, ständig trillerpfeifend, lautstark kommandierend und deutlich unter ihren Schirmmützen und Achseln schwitzend, wuseln die sonst adretten und souveränen Obrigkeiten zwischen Autos, Lieferwagen, Vespas und den Ape, den aus keinem italienischen Straßenbild wegzudenkenden, dreirädrigen Zweitaktfahrzeugen, nervös herum. Bis sie es aufgeben, die drei Herren, und sich dann plötzlich der gegenläufige Verkehr ganz von alleine regelt; se vuoi, se puoi, sarà – wenn du willst, wenn du kannst, dann wirds.

Der dritte und letzte Akt der „Tragedia" ist dann vergleichsweise nicht ganz so dramatisch. Die Zufahrt zum Hafen und damit auch als einzige Gasse nur in umgekehrter Richtung nutzbar, um die rund 15 Kilometer asphaltierter Straßen auf der Insel zu befahren, wurde aller Wahrscheinlichkeit nach vor rund 40 Jahren das letzte Mal verbreitert. Was damals hervorragend für die Ape und die Fiat Cinquecento allemal ausgereicht hat, bereitet heute jedem Lieferwagen, jedem Wohn- und Campingmobil größte Schwierigkeiten. Wobei ich die für die Lenker dieser Fahrzeuge sehe. Besonders die Touristen werde ich an diesem Nadelöhr noch schwitzend, fluchend und die restlichen Familienangehörigen böse beschimpfend erleben. Für so manchen der heimfahrenden Urlauber dürfte die Erholung bereits an dieser Stelle ein Ende gehabt haben.

Zwanzig Minuten, nachdem ich die Fähre dann doch während dieser „Tragedia" verlassen konnte, stelle ich etwas außerhalb von Giglio Porto auf einer der wenigen, ebenfalls recht engen Parkmöglichkeiten mein Auto ab. Ich gehe die enge, granitsteingepflasterte Gasse zwischen dem dümpelnden Brackwasser des Hafens, auf dem einige Möwen schaukeln, und der vorderen Reihe der farbenfrohen Häuschen mit ihren ebenfalls kunterbunten Geschäften, Eiscafés, Bars, Restaurants und kleinen Appartements entlang.

Ein Appartamento ist schnell gebucht, zu dieser Jahreszeit. Direkt am Wasser, mit grandiosem Blick auf den Hafen. Der mir am nächsten Morgen, noch sehr früh, die Sonne zeigt sich gerade erst über dem Horizont über der Silhouette des Festlandes, eine zweite Inszenierung gönnt. Es ist eine „Tragicommedia", ein Einakter. Die blau und grün lackierten Boote der Fischer tuckern von ihrer nächtlichen Fahrt übers Meer wieder im Hafen ein. Viele sind es nicht mehr, vielleicht zwölf, vierzehn oder fünfzehn Fischer. Das Meer gibt nicht mehr so reichlich wie früher, anders herum: Das Meer hat ihnen die Arbeit genommen. Die Fischer palavern untereinander, wie schlecht der Fang der letzten Nacht wieder war. Einige Kunden, ein paar Händler kommen hinzu, die mittags und abends ihre Gäste in den Restaurants verwöhnen möchten, sie kaufen den Fischern ihre karge Beute ab. Das heißt, bevor sie kaufen, findet ein lautstarkes Handeln, Feilschen, Jammern statt. Ein Schauspiel, wie es auf einer Bühne nicht besser sein kann. Theatralisch mit Händen und Füßen, mit Gesten und Worten. Die einen wegen des geringen Lohns, der ihre Familie nicht mehr nährt. Mit Tränen in den Augen, so scheint es. Die anderen wegen der teuren Preise, die sie auf die Speisekarte schreiben müssen und die Gäste abschrecken könnten. Mit finsterer Miene und Sorgenfalten im Gesicht, wegen ihrer Existenz.

Nach einer Stunde macht der Vorhang zu. Lächelnd, mit fröhlicher Miene hantieren die Fischer am Kai, sortieren und flicken ihre Netze, schrubben ihre Boote, stolz, dass ihnen der Morgen ihr heutiges Einkommen gesichert hat. Zufrieden ziehen auch die Restaurantbesitzer mit ihrer Ware ab, glücklich, richtig tolle Schnäppchen gemacht zu haben, die sie heute Abend zu gesalzenen Preisen anbieten.

Der Abend dann in einem der Restaurants, die auf Stelzen im Wasser stehen, dessen Küche schon seit Stunden mit den Früchten des Meeres zaubert und immer wieder neue Kreationen auf die dekorativ gedeckten Tische bringt, präsentiert mir eine „Commedia". Allein der Kellner ist schon die Aufführung wert. Es wird ein Potpourri von bunten Bildern, ständig wechselt das Bühnenbild, in schneller Abfolge wechseln die Rollen, obwohl es immer am gleichen Tisch mit immer der gleichen Person geschieht, die mich bedient. Schon die Menüfolge verspricht einen äußerst unterhaltsamen Abend, deren einzelne Gänge clownesk vom Kellner zelebriert werden. Komme ich zum Programm: Als Antipasto gibt es Bruschette con pomodori, das feine, mit Knoblauch eingeriebene Weißbrot, das mit Olivenöl getränkt, im Backofen geröstet und anschließend mit frischen Tomaten überhäuft wird. Als Piatto primo treten selbstgemachte Ravioli con spinaci, gefüllt mit Spinat und Ricotta und überzogen mit gebräunter Butter, auf. Und als Höhepunkt präsentiert mir das Restaurant eine wahrliche Götterspeise, Triglie della casa, Rotbarben nach Art des Hauses mit Prinzimonia, frischem, rohem Gemüse in einer Öl-Essig-Salz-Pfeffer-Sauce.

Die Theatralik, die der Kellner bei meiner Bestellung in das von mir gewählte Hauptgericht legt, ist bereits ein Genuss der superlativen Art. Doch wie er jetzt die zubereitete Platte mit den Rotbarben neben meinen Tisch stellt und anfängt, die Fische von Gräten und Schwanz zu trennen, dann den Kopf, ohne die Bäckchen zu vergessen, löst, um das Zerlegte anschließend wohl dekoriert auf dem Teller zu kredenzen, das hat was von einer „Commedia dell'arte". Und die Jonglierkünste des Protagonisten beim Einschenken des vorzüglich dazu passenden Weines, einem Bianco di Pitigliano, macht meinen zweiten Abend auf Giglio zu einem wahren kulinarischen Kulturgenuss. Applaus für eine ausgezeichnete Küche und eine ebenso gelungene Darbietung ringsherum.

Am nächsten Morgen, nach einem schnellen Frühstück mit einer Latte macchiato in einer der Hafenbars, mache ich mich auf den Weg ins Inselinnere, durch Pinienwälder, Weinreben und Macchia immer höher auf verschlungenen Pfaden, die früher einmal Transportwege der Bewohner und ihrer Esel waren. Mein Weg führt mich mittenrein in eine Opernaufführung, „l'Opera". Klassisch, als eher seltener Zweiakter.

Klassisch, weil dramatisch eine Landschaft wieder sich selbst überlassen wird, die über Jahrhunderte hinweg von Land- und Weinbauern kultiviert wurde. Doch der Anbau lohnt nicht mehr. Dieser bernsteinfarbene Wein, der Vino Ansonico, der bereits zur Zeit der Römer bekannt war und seit Menschengedenken auf Giglio angebaut wird, ist heute eine Rarität. Gourmets wissen ihn zu schätzen. Ich komme immer wieder an Weinstöcken vorbei, die von der Macchia regelrecht verschluckt werden. Tragisch, dass ein so guter Wein nur noch selten den Weg in die Fässer findet.

Im ersten Akt kommt die Flora zur vollen Blüte. Doch ich nehme sie nicht nur mit meinen Augen wahr, auch meine Nase ist dabei. Ein Füllhorn mediterraner Gewächse zeigt sich auf der zu dieser Jahreszeit bunt erleuchteten Bühne, die vom Sonnenlicht großzügig angestrahlt wird. Siebenhundert Pflanzenarten auf knapp vierundzwanzig Quadratkilometern ist auch für eine große „Opera" ganz schön üppig. Bis auf Augen- und Nasenhöhe spielen und tanzen Fenchel, Wermut, Mirte, wilder Oleander, Margariten, Erika, Bougainvilleen, die hier ebenfalls wieder wild wachsen, Zistrosen, immer wieder Klatschmohn und die weißblühende Scorpa da ciocco, sie nehmen die Hauptrollen ein. Es ist in dem unbeschreiblich vielfältigen Grün ein Wetteifern um Schönheit und Duft, mit jedem Schritt eröffnet sich ein neues Bühnenbild. Und über mir treten zur Krönung in ständigem Wechsel Olivenbäume, Kastanien, vereinzelte Palmen, Zitronen- und Apfelsinenbäume, Pinien, Eichen und der ungewöhnliche Erdbeerbaum hervor.

Im zweiten Akt werden meine Ohren angeregt. Von der Ouvertüre bis hin zum Schlussakkord gibt sich die Fauna ein Stelldichein. Ein buntes Stimmengewirr intoniert den Gesang der Insel, Vögel und Zikaden übertrumpfen sich gegenseitig, in Dur und Moll werden die schönsten Arien vorgetragen. Mal setzt der Schrei einer Möwe einen besonderen Akzent, dann wieder hat eine Lerche ihren Soloauftritt. Bis um die Mittagszeit der Vorhang der Hitze auf die Insel fällt und ganz in der Ferne nur noch das Meer ein sanftes Schlaflied singt. Und ich ebenfalls in einer seltsam empfundenen Ruhe auf Giglio von meiner Insel träume.

Der Weg zurück führt mich am späten Nachmittag nach Giglio Castello, und damit zu einer „Opera buffa". Ein mittelalterliches Stück, eine architektonische Meisterleistung, am Anfang in einem mystischen Ambiente, das mich dann von Szene zu Szene immer mehr aufheitert. Gleich am Eingang des von trutzigen Mauern umgebenen, festungsartigen Bergdorfes sitzen auf einer Steinbank die Zuschauer. Unbewegliche Marionetten, stumm, einzig der Blick ihrer Augen bewegt sich mit der Parade der Touristen, die ins Innere von Castello wollen. Dort, wo es angenehm kühl ist, weil die Sonne kaum einen der unzähligen Winkel ertasten kann. Verschachtelt, verwoben, verwittert, so präsentieren sich die aus unregelmäßig gehauenen Steinen gebauten Häuser, eher Häuschen, vor, neben und hinter kopfsteingepflasterten Gassen und blumengeschmückten Töpfen auf Treppen und Stufen. Treppauf, treppab erscheint hinter jeder Ecke ein neues, verwunschenes Bühnenbild. Katzen, Hunde, Möwen und Tauben sind in dieser Manege die einzigen Darsteller, die ihre Rolle kennen, die wissen, was sie anstimmen müssen. Wie Donnerhall erschallt plötzlich die Kirchturmglocke in den engen Durchgängen zwischen den Fassaden und Mauern zur Andacht. Am nordwestlichen Ende des Bergnestes dann schaue ich über die Festungsmauer in die Ferne. Montecristo, Elba und Korsika vervollständigen die „Opera buffa". Heiter, beschwingt, auf blauen Wellen schaukeln die Inseln im gleißenden Licht als dunkle Erhebung gegen den hellen Himmel, Korsika zeigt sich auf den Gipfeln seiner Berge noch im winterlichen Weiß. Es ist ein ruhiges, ein friedliches Stück, das hier gespielt wird.

Zurück zu den Marionetten gleich neben dem wuchtigen Torbogen, der ins Innere führt. Beim Anblick der Alten aus Castello, die immer noch auf der Steinbank sitzen und nur ihre Augen bewegen, erhält das „buffa" der Inszenierung seine wahre Bedeutung. Ich weiß nicht, was sich in den Köpfen der alten Männer mit den Stoppelbärten in den wettergegerbten Gesichtern und in ihren abgearbeiteten, schwieligen Händen abspielt. Ich habe das Gefühl, sie lachen innerlich über die Touristen, die in ihrem typischen Touristenoutfit die Szenerie bevölkern. Jeden Tag das gleiche Bild mit wechselnden Statisten. Die Hauptdarsteller vor dem Tor haben ihren Stammplatz, den ihnen keiner nimmt. Es ist ein Bild der unfreiwilligen Komik, das so ganz wie im richtigen Leben spielt, den steinernen Zeugen der Vergangenheit eine lebendige Ausstrahlung verleiht.

Das „Baletto" der Insel findet täglich statt. Immer zu wechselnden Zeiten, und immer in anderer Besetzung, mit neuen Statisten. Die Spielstätte allerdings ist immer die gleiche, es ist der Strand von Cannelle, in meinen Augen der schönste der vier auf Giglio. Komme ich frühmorgens, hüpfen die seichten Wellen noch für sich auf dem feinsandigen, hellen Boden. Und die Sonnenstrahlen tanzen dazu auf der klaren Meeresoberfläche und werfen von Sekunde zu Sekunde neue Impressionen in die kleine Bucht. Komme ich um die Mittagszeit, schaukeln bunte Sonnenschirme, die neben den gleichfarbigen Liegestühlen, streng formiert im leichten Halbrund, akkurat ausgerichtet, nebeneinander im weißen Sand stecken, sanft im seichten Wind, der vom Meer eine frische, angenehme Brise bringt. Komme ich am frühen Abend, dreht die aufgeheizte Luft über dem warmen Sand Pirouetten und wirft bizarre Fate morgane, die dem Auge ein träumerisches Bild vorgaukeln. Und komme ich des Nachts, tänzeln unendlich viele Sterne in einem Himmelszelt, das sich sanft über das Wasser legt, und der Mond schaukelt in Frieden unter der Milchstraße.

Bis auf diese Stunden, in denen der kleine Strand nur allein mir gehört, in denen nur die Fische ihre lautlosen Lieder singen, gestalten sonst bikini- und badehosengestylte Menschen in allen Brauntönen das Szenarium. Im Mai ist es noch nicht unangenehm überfüllt am Strand von Cannelle. Auch im noch recht frischen Meer tummeln sich nur wenige Mutige, Kinder bleiben meist lediglich mit den Füßen im Wasser stecken. Es überwiegt noch eine gewisse Beschaulichkeit, die mit Beginn der Vacanze di Ferragosto eine Ende finden dürfte. Ein Geheimtipp ist die Isola del Giglio ganz gewiss nicht mehr. Sie leidet auch unter der Tatsache, dass ein Geheimtipp, wird er erst einmal jedem bekannt gemacht, irgendwann dann keiner mehr ist. Dennoch, in der Vorsaison und sehr wahrscheinlich auch zum Ende des Sommers bis in den Herbst hinein hat die Insel ihre Reize und ihren Charme bewahren können. Dann lebt sie ganz aus sich selbst heraus.

Das „Baletto" der Touristen am Strand ist wie überall: bunt, belebend, beweglich. Die Erwachsenen, um diese Zeit mehr Italiener als andere Nationalitäten, liegen in ihrem angemieteten Liegestuhl und lesen – männlich – ihre Gazette, vornehmlich den Sport, oder – weiblich – unterhalten sich gestikulierend, im Sand sitzend oder an der fließenden Grenze zwischen Sand und Wasser hin- und herdefilierend, über Mode, Stars und was am Abend gekocht wird. Kinder spielen im Sand, meist im feuchten, mit Eimer und Schaufel und Förmchen, die Bilder von Meerestieren modellieren, eingeölt und mit Mütze von der Sonne abgeschirmt, lutschen Eis, das ihnen schneller wegschmilzt und in den Sand fällt, als sie es essen können. Dann ist es auch mal ein Pas de deux, ein frisch verliebtes Pärchen, das einem Liebesspiel verfällt, was nicht unbedingt für eine öffentliche Aufführung geeignet ist. Doch solange die Sonne scheint, sind es bewegte Tänze, ohne Unterbrechung, auch wenn es um die heiße Mittagszeit für wenige Stunden ruhiger wird.

Den letzten Auftritt des Tages hat die Sonne. Im Westen der Insel, in Giglio Campese. Dort, wo der längste Strand ist und der an den Enden von schroffen Felsen eingerahmt wird. Es ist ein leider nur ein kurzes Schauspiel, das „Spettacolo": der Sonnenuntergang über dem Meer. Ein leuchtend roter Ball, in den sich eine Möwe reinmischt, versinkt im dunkelblau-violetten Meer. Ich sitze mit einem Glas Wein im Sand, ich habe Pause. Meine Trauminsel auch, Giglio schminkt sich neu.

(2005)

La Tempesta di Mare

4. Szene
Personen:
- der Mann
- ein Hund

Fine
Die Sonne hat sich bereits vor vielen Stunden hinter dem
Meer versteckt. Der Mann öffnet langsam, ganz langsam
seine Augen. Er sieht, wie der melancholischste aller Hunde in der Dunkelheit der Nacht für immer verschwindet.

---

1. Szene
Person:
- der Mann
personifizierte Sinnesorgane des Mannes:
- die Augen
- die Hände
- die Gedanken
- der Mund
- die Nase
- das Herz

2. Juni, dieses Jahr
Der Mann steht am Strand der kleinen Bucht und schaut
auf die Weite des Meeres. Es geht auf fünf Uhr nachmittags
zu.

Die Augen (blinzelnd):
»Da kommt ja endlich das Segelboot!«
Die Hände (noch in der Hosentasche):
»Also, dann sollten wir mal anfangen!«
Die Gedanken (retrospektiv):
»Fünf Tage ist es jetzt schon her, dass ich von Bord des
Segelbootes, der Tempesta di Mare, ging. Komisch, Segeln
ist wohl absolut nicht meine Welt. In der Woche, als ich
dabei war, in dieser letzten Woche auf dem Meer hat mich
niemand von der Crew überzeugen können, den Segelschein

zu machen.«

Die Hände (inzwischen aus der Hosentasche):

»Ja, jetzt aber los, Mann!«

Die Gedanken:

»Nur die Ruhe! Zugegeben, es hat auch schöne Zeiten an Bord gegeben. Die Delphin-Familie, die minutenlang um unser Boot geschwommen ist. Die Stunden ohne jeglichen Wind. Die Zeit, in der die See stürmische, hoch auftürmende Wellen schlug. Die Mütze, die mir vom Kopf geflogen ist und durch ein Mann-über-Bord-Manöver wieder gerettet wurde. Meine Landgänge um vier, fünf Uhr morgens, wenn alle noch schliefen und ich in Ruhe meinen Gedanken nachhängen konnte. Das laute Fluchen des Skippers, als nachts ein von meinen Händen falsch verknoteter Fender ins Wasser klatschte und von ihm akrobatisch wieder herausgefischt werden musste ...«

Die Augen:

»Der Tisch sieht noch recht kahl aus. Doch das Morbide, das Windschiefe, die wackligen Beine im grobkörnigen Sand, das hat was. Das richtige Ambiente für ...«

Die Hände:

»Angepackt!«

Die Gedanken:

»Klar, die anderen haben weitergemacht, wollen natürlich ihren Segelschein machen. Morgen soll die Abschlussprüfung sein. Na ja. Was werden sie wohl sagen, wenn sie gleich an Land kommen, wie vereinbart?«

Eifrige Betriebsamkeit des Mannes am Holztisch mit den zwei Bänken.

Die Hände:

»So, die Teller, Messer, Gabeln, die Gläser, Servietten, alles schön verteilt, macht sich gut. Eins, zwei, drei, vier, fünf, sechs, sieben, acht, neun, stimmt.«

Die Augen:

»Sieht richtig gut aus!«

Die Hände (wirbelnd):

»Jetzt die Schüssel mit den Tomaten und dem eingelegten Mozzarella, hierhin, den anderen Käse, gleich daneben, und hier das Brett mit dem Ciabatta.«

Die Augen:

»Wo bleiben die Oliven?«

Die Hände:

»Hier, da ist noch Platz!«

Die Gedanken:

»Und wo willst du den Eiskübel mit dem Prosecco noch unterbringen?«

Die Hände:

»Ach komm, ist ja noch genug Platz auf dem Tisch.«

Der Mund:

»Mir läuft schon jetzt das Wasser im Mund zusammen.«

Die Nase:

»Und wie der Käse gut riecht!«

Die Gedanken:

»Jetzt aber langsam, die anderen werden ja nicht gleich da sein.«

Die Augen:

»Mensch, da kommen sie ja schon! Klar, der Skipper natürlich – wie immer – als erster, wenns ums Essen geht.«

Die Gedanken:

»Auf die Minute genau.«

Die Hände:

»Schnell noch am Handtuch abwischen und nichts wie weg in die Hosentaschen!«

Der Mann steht vor dem Tisch und schaut in Richtung Meer. Die Crew kommt von dem kleinen Landungssteg und geht aufgeregt gestikulierend auf den Mann zu.

Die Gedanken (strahlen Zufriedenheit aus):

»Na, Überraschung gelungen?«

Die Augen (suchen den Blickkontakt zu einer bestimmten

Person):
»Nur für Dich!«
Das Herz (schlägt wie verrückt):
»Und jetzt?«

<u>2. Szene</u>
Personen:
- *der Mann*
- *ein Hund*
personifizierte Sinnesorgane des Mannes:
- *die Ohren*
- *die Gedanken*
- *die Augen*
- *die Nase*
- *die Hand*
- *das Herz*
personifizierte Sinnesorgane des Hundes:
- *die Nase*
- *die Ohren*

27. September, letztes Jahr

Unaufdringlich klingt Klaviermusik aus einem Gebäude nach draußen. Antonio Salieri, La Tempesta di Mare. Der Mann sitzt auf einer kleinen Mauer vor dem Gebäude und schaut auf die Fassade aus rotem Backstein des alten, ehrwürdigen Hauses nach oben bis zu dem geöffneten Fenster im dritten Stock.

Die Ohren:
»Welch ein sanfter Klang. Mögen die Klänge nie mehr aufhören!«

Die Gedanken:
»Und wie virtuos dieser Mensch dort oben Klavier spielt.«

Die Ohren:
»Wunderschön.«

Der Kopf des Mannes neigt sich nach links zu einem Brunnen, der auf dem kleinen Platz vor dem Gebäude ganz leise vor sich hin plätschert.

Die Augen:

»Wie der dünne Wasserstrahl im Sonnenlicht glitzert.«

Die Gedanken:

»Und wie er sich dann beim Eintauchen in das runde Becken in immer fortwährenden Kreisen verliert.«

Die Augen:

»Wahnsinnig beruhigend ...«

Die Ohren:

»... diese Harmonie, diese Übereinstimmung zwischen leiser Klaviermusik und dem stetigen Plätschern des Brunnens.«

Der Kopf des Mannes bewegt sich wieder nach oben. Durch die leuchtend goldgelben Blätter der den Platz umsäumenden Kastanienbäume wird der Blick zum hellblauen Nachmittagshimmel nur an wenigen lichten Stellen frei.

Die Nase:

»Was für ein wohltuender Duft von den sich schon leicht verfärbenden Blättern in der jetzt noch wärmenden Sonne.«

Die Gedanken:

»Ob die federleichten Schäfchenwolken auf ihrem Weg in den Süden meine Träume auf meine Trauminsel im Mittelmeer, auf meine Insel vor dem Festland wohl mitnehmen?«

Die Nase:

»Ein Geruch wie herbstliche Macchia.«

Die Augen:

»Goldene gelblich-grüne Blätter gegen diesen hellblauweißen Himmel ... ein Bild voller Harmonie ...«

Die Ohren:

»... wie die Musik.«

Der Mann steht auf und geht mit langsamen Schritten zum

Brunnen. Er setzt sich auf den Beckenrand, die Finger seiner linken Hand spielen mit der Wasseroberfläche.

Die Hand:

»Fühlt sich irgendwie nach Meer an.«

Die Gedanken:

»Irgendwie fühlt sich dieser Tag zu dieser Stunde nach noch mehr an ...«

Die Hand:

»... ja, nach Wellen und Wärme ...«

Die Nase:

»... nach Wind und wildem Wein ...«

Die Augen:

»... nach Wolken und weiten Wegen ...«

Die Ohren:

»... nach Wohlklang wie Wassermusik ...«

Die Gedanken (mischen sich ein):

»... nach Wunschträumen und ... ach, hört doch auf mit den Wortspielereien, es fühlt sich an wie ..., es sieht aus wie ..., es hört sich an wie ..., es riecht nach ..., ja, es ist wie auf meiner Insel vor dem Festland, es ist wie meine Insel vor dem Festland.«

Die Sonnenstrahlen machen der Abenddämmerung Platz, ein kühler Wind dreht seine Runden um den Brunnen, die Klaviermusik verstummt, das Fenster im dritten Stock des roten Backsteingebäudes wird geschlossen. Einsam plätschert der Wasserstrahl, langsam erwacht der Mann aus seinen Träumen. Ein Hund trottet freudig wedelnd auf ihn zu.

Das Herz:

»Mir wird kalt!«

Die Gedanken:

»Wo bin ich?«

Das Herz:

»In der Stunde zwischen Wolf und Hund. Ja – es ist die Zeit, in der du beide Tiere nicht voneinander unterscheiden kannst, es ist die Stunde der Dämmerung.«

Die Gedanken:

»Zurück von meiner Insel vor dem Festland auf das Festland?!«

Die Hand (streichelt den Hund):

»Hm, fühlst du dich weich an.«

Die Nase des Hundes:

»Hm, du magst wohl Hunde.«

Die Augen (wieder offen):

»Oh, siehst du schön aus.«

Die Ohren des Hundes:

»Oh, du bist wohl mit deinen Gedanken irgendwie ganz woanders gewesen?«

Der Mund:

»Komm, wir gehen!«

Die Gedanken:

»Wieso nur versteht ein Hund den Menschen besser, als es jemals ein Mensch kann?«

Der Mann und der Hund verschwinden in der bereits eingetretenen Dunkelheit.

---

3. Szene

Personen:

- *der Mann*
- *die Frau*
- *der Skipper*
- *weitere Teilnehmer der Segelcrew*
- *ein Hund*

personifizierte Sinnesorgane des Mannes:

- *das Herz*
- *die Gedanken*
- *die Augen*
- *der Mund*
- *die Stimme*

personifizierte Sinnesorgane der Frau:

- *die Stimme*
- *der Mund*
- *die Augen*
- *die Gedanken*
- *das Herz*

personifiziertes Sinnesorgan des Hundes:
- *die Gedanken*

2. Juni, dieses Jahr

Freudige Begrüßungsszenen am Strand zwischen der Crew und dem Mann. Die Überraschung wegen des gedeckten Tisches steht allen ins Gesicht geschrieben. Sie gilt der einzigen Frau in der Runde, sie hat heute Geburtstag.

Das Herz des Mannes (schlägt immer noch wie verrückt):
»Herzlichen Glückwunsch zum Geburtstag.«

Die Gedanken des Mannes:
»Ich glaube, die Überraschung ist gelungen. Herzlichen Glückwunsch zum Geburtstag.«

Die Augen des Mannes:
»Wie Deine Augen strahlen. Herzlichen Glückwunsch zum Geburtstag.«

Der Mund des Mannes:
»Herzlichen Glückwunsch zum Geburtstag.«

Die Stimme des Mannes (viel zu traurig):
»Herz-li-chen Glück-wunsch zum Ge-burts-tag.«

Die Frau geht auf den Mann zu, umarmt ihn leicht und gibt ihm einen zaghaften Kuss auf die linke Wange.

Die Stimme der Frau (flüsternd):
»Danke.«

Der Mund der Frau:
»Du bist unmöglich.«

Die Augen der Frau (erzählen eine Geschichte):
»Und deshalb mag ich Dich so.«

Die Gedanken der Frau:
»Falsch, gibs zu, du liebst ihn!«

Das Herz der Frau (schlägt ebenfalls wie verrückt):

»Ja, ich liebe ihn. Doch du weißt, es gibt keinen Weg!«

Die Frau und der Mann widmen sich jetzt den anderen zu, die bereits um den Tisch sitzen. Der Prosecco wird eingeschenkt, es wird sich lachend zugeprostet, es wird gegessen. Ein Hund schleicht traurig auf den Tisch zu, einige der Crew werfen ihm ab und an kleine Käsestücke zu.

Der Skipper:
»Ich habe noch nie in meinem Leben einen so melancholisch dreinblickenden Hund gesehen.«

Alle am Tisch Sitzenden betrachten nun gleichsam den Hund, bestätigen nickend die Aussage des Skippers und wenden sich wieder dem Essen und Trinken zu. Der Hund, jetzt unbeobachtet, wird mutiger und macht einen Satz auf den Tisch, genau dort, wo der Mozzarella steht.

Der Skipper:
»Hau ab!«

Mit lautstarken Verwünschungen und Flüchen, mit einem Schlag auf den Rücken wird der Hund von seinem Festmahl verscheucht. Unverständnis steht in den Augen des Hundes, in den melancholischsten Augen, die je ein Hund gehabt hat.

Die Augen des Mannes (blicken dem Hund nach):
»Diese Augen ...«
Die Gedanken des Mannes:
»... ich glaube, ich habe sie verstanden. Irgendwie mein Spiegelbild, dieser Hund.«

Die Crew feiert weiter, bis die Sonne langsam als roter Feuerball mehr und mehr im Meer verschwindet. Ein erfrischender Wind kommt vom Wasser. Die Geburtstagsfeier am Strand geht dem Ende zu, die Teilnehmer am Segeltörn räumen notdürftig auf und gehen. Am nächsten Morgen ist schließlich Segelscheinprüfung, ist ihr einstimmiger Kommentar. Die Frau und der Mann schauen sich ein letztes Mal kurz an.

Die Gedanken der Frau:
»Das war's denn wohl.«
Die Augen der Frau:
»Und nochmals danke.«
Die Augen des Mannes:
»Diese Augen ...«
Die Gedanken des Mannes:
»... ich habe sie verstanden.«

Noch Stunden später sitzt der Mann am Strand. Auf seiner Insel vor dem Festland. Die nicht zu seiner Trauminsel vor dem Festland wurde. Schon eine längere Zeit ist der melancholischste aller Hunde zu dem jetzt abgeräumten Tisch zurückgekehrt. Er hockt neben dem Mann und leckt ihm die Hände.

Das Herz des Mannes:
»Mir ist kalt.«
Die Gedanken des Mannes:
»Und wo bin ich jetzt?«
Das Herz des Mannes:
»In der Zeit zwischen Traum und Wirklichkeit. Es ist die Stunde, in der du beide Dinge überaus deutlich voneinander unterscheiden kannst, es ist die Stunde der Wahrheit.“
Die Gedanken des Mannes:
»Meine Insel vor dem Festland ist heute versunken.«

Der Hund steht langsam, ganz langsam auf und verschwindet für immer in der Dunkelheit.
Die Gedanken des Hundes:
»Wieso hat mich dieser Mensch verstanden?«

(2005)

Auf der Suche

Seit Stunden schon fährt sie durch die Gegend, ohne zu wissen, wo sie hinwill. Obwohl, und das geht Sarah gerade durch den Kopf, dieser Satz von vorne bis hinten gelogen ist. Wenn sie ehrlich ist, ist sie gerade mal eine knappe Stunde unterwegs, und ein konkretes Ziel hat sie auch vor Augen. Sarah will sich selbst gegenüber endlich wieder ehrlich bleiben.

Deswegen ist sie ja auch vor etwa einer Stunde losgefahren, mit ihrem Fahrrad. Mit dem Fahrrad, das Sarah sich für das Wochenende ausgeliehen hat, das ihr jetzt zwei Tage gehört. Ausgeliehen in der kleinen, gemütlichen Pension, gleich am Ortsende von Noordscharwoude, wo sie im ersten Stock ein verträumtes, ruhiges Zimmer zum Übernachten bekommen hat, mit dem einzigartigen Blick auf den verwunschenen Garten und dem hinter hängenden Grün von Trauerweiden versteckten Ententeich, und dahinter auf eine träge dahinfließende schmale Gracht. Die, so glaubt Sarah, am Rande eines Dorfes, wo rechts und links das Ufer bereits in Wiesen übergeht, wahrscheinlich anders heißt als Gracht. Doch der Name dafür ist ihr, als sie heute morgen angekommen ist und aus dem Fenster geschaut hat, nicht eingefallen.

Sarah hat sich, als sie ihr Fahrrad von der älteren, sehr sympathischen Dame, der die Pension gehört, in der die Gäste mit ihr gemeinsam in einem der beiden Wohnzimmer frühstücken, ausgeliehen bekommt, gleich auf den Weg gemacht. Um, um auch ehrlich zu bleiben, loszufahren, ohne eine Vorstellung davon zu haben, in welche Richtung es gehen soll. Und doch, Sarah hat ein konkretes Ziel, nur weiß sie nicht, wohin sie der Weg führt. Da helfen ihr keine Karten, keine Hinweisschilder, keine Fragen und Antworten nach irgendwelchen Orten oder Anlaufpunkten. Sie fährt also los. Gleich links, bis ans Ende der kleinen Seitenstraße, in die sie heute morgen eingebogen ist, um mit ihrem Auto vor der Pension zu parken. Dann ein Stück die Hauptstraße lang durch das Dorf, zwei kleine Kurven, an schmucken Häuschen vorbei, die alle ihre riesengroßen Fenster zum Wohnzimmer offen halten, in die man Tag und Nacht hineinschauen kann, und hinter dem kleinen Blumenladen gleich rechts ab auf einen schmalen Weg, der nach vielleicht zweihundert Metern nur noch durch Wiesen führt, auf denen Kühe und Schafe weiden, die gelassen der Beschäftigung des Grasfressens und den erfolgreichen Ergebnissen des Verdauens nachgehen.

Auf Wiesen, die in geometrischer Ordnung eingegrenzt und immer wieder unterbrochen sind durch Gräben, in denen Entengrütze im dümpelnden Wasser ihr leuchtendes Hellgrün verteilt.

Die Wege, die Sarah mit dem Fahrrad entlangfährt, sind genau so winklig. Im rechten Winkel mal rechts, mal links, dann wieder ewig lang schnurgeradeaus. Mal bläst ihr der Wind direkt ins Gesicht, angenehm erfrischend ist das, doch Sarah kommt nur mühsam voran auf ihrem Weg. Ihr altes Hollandfahrrad, das sie ausgeliehen bekommen hat, kennt keine Gangschaltung. Mal kommt der Wind von hinten, da lässt sie das Fahrrad einfach rollen, ohne in die Pedale zu treten. Mal hält sie an, um ein Schäfchen, das auf einer Wiese, die nicht durch einen Wasserlauf vom Weg getrennt ist, zu streicheln. Mal, um eine Wolke zu beobachten, die sich kurz vor die Sonne schiebt, um gleich danach wieder davonzufliegen, immer mit der Erinnerung, die ein ständig neues Bild in den Wolken abruft.

Sarah lässt sich von den strukturiert gezogenen Wegen inspirieren. Ihr Ziel ist es ja, ihre Gedanken genau so auf die Reihe zu bekommen, klare Linienführung, klare Gedankengänge ... Dann wieder führt sie der Weg rechts an einem Bauernhof vorbei, dann fährt sie links über eine kleine Zugbrücke, die sich über einen etwas breiteren Kanal hinüberbeugt und, wenn die Masten der Kähne zu hoch sind, sich aufbäumen muss, dann radelt sie, inzwischen sehr viel vergnügter als noch heute morgen, bevor Sarah in der Pension ankam, durch eine beschauliche Ortschaft. Dörfer, eher Dörfchen, die landeinwärts, abseits von der Küste, ein gelassenes, intimes Dasein führen. Acht, zehn, fünfzehn Häuschen, im Mittelpunkt die Backsteinkirche, wenn man Glück hat, mit einem Lebensmittelgeschäft, das gleichzeitig Backstube und Coffeeshop ist.

In einem dieser Örtchen findet Sarah eine Bäckerei, vor dem Schaufenster steht in der Sonne eine Bank, auf der sie Zeit und Muße findet, einen Kaffee zu trinken und ein Schokoladencroissant dazu zu essen.

Ihre Gedanken sortieren sich langsam zu einem etwas klareren Bild, obwohl sie die Szenerie auf der anderen Straßenseite gerade fesselt. Mit großer Sorgfalt und viel Liebe macht sich eine alte Frau, wie es scheint, weit über achtzig, in ihrem kunterbunten Vorgarten an die Arbeit, zu jäten, zu zupfen, da ein wenig abzuschneiden, dort ein bisschen umzugraben, dann wieder zu gießen, zwischendrin an ihren bunten Tulpen zu riechen, zu harken, mit ihren Pflänzchen zu sprechen. Nein, es ist für die Alte keine Arbeit, was sie dort macht, es ist ihr Lebensinhalt, der sie ausfüllt, der sie erfüllt; Sarah sieht es ihr sogar aus dieser Entfernung an. Ein schönes Gefühl muss es sein, auf diese Weise seinen Lebensabend zu genießen. Doch Sarah ist erst achtunddreißig, jetzt an den Herbst des Lebens zu denken, widerstrebt ihr.

Sie zahlt, möchte weiterfahren, ihr Ziel vor Augen, ohne den Weg zu kennen. Die alte Frau schaut ihr nach, winkt Sarah zu sich, schenkt ihr ein Lächeln und ein gerade erst aufblühendes Heckenröschen, das sie eben vor wenigen Sekunden abgeschnitten hat. Sarah ist leicht gerührt, lächelt zurück, verabschiedet sich winkend von der Alten und schwingt sich wieder auf ihr Fahrrad. Weiter durch Felder, durch einen kleinen Kiefernwald, durch die Ausläufer einer Düne, die hier mit Sträuchern und verkrüppelten Bäumen bewachsen ist.

In Richtung Meer geht ihr Weg. Sarah hat ihn schon seit Minuten in der Nase, den leicht salzigen und würzigen Geruch, der von den aufschäumenden Wellen und dem spürbar stärkeren Wind zu ihr herüberweht. Ihr Weg wird schwungvoller, auch wenn ihr der Wind wieder stark entgegenbläst, schwungvoller, weil er sich seine Spuren durch die Dünen sucht, sich den schwungvollen Erhebungen der Sandhügel anpasst.

Und dann kommen auf einmal keine Ecken mehr, keine Winkel. Die letzten zweihundert Meter in den Dünen, die jetzt nur noch von störrischen Gräsern und Binsen unterbrochen werden, gehen gradlinig zum Meer. An den Strand, der hier ziemlich schmal ist. Und auch menschenleer. Sarah fährt ebenfalls schnurgerade darauf zu. Ihr Fahrrad bleibt im Sand stecken, Sarah springt ab, das Fahrrad kippt um, sie läuft weiter, direkt auf das Wasser zu.

Die Wellen umspülen ihre Füße, einige mutige spritzen ihr die Hosenbeine voll, fast bis ans Knie. So steht sie, ihrem Gefühl nach, stundenlang am Rande zwischen Erde und Wasser. Ja, denkt sie, genau betrachtet auch zwischen Luft und Feuer.

In der inzwischen feuerrot leuchtenden, dennoch milchig untergehenden Sonne, die die Wellen in immer wieder veränderten Schattierungen und Nuancen verfärbt, in der frischen, prickelnden Meeresbrise, die der Wind mal mehr, mal weniger vom Horizont des Wassers herüberweht, verdichtet sich ihr Bild vom Gestern. Wird für Sarah zum wichtigen neuen Heute. Und Morgen. Der nasse Sand unter ihren Füßen, ständig von veränderten Wellen umspült, hat sich längere Zeit ihrer schwankenden Balance angepasst, bis Sarah spürt, sie steht fest auf dem Boden. Und der Gesang des Meeres, am Anfang ein infernales Orchester, das alles, auch wirklich alles in seine Ouvertüre gesteckt hat, wird für Sarah zunehmend zum Prélude, das sich auf dem Spiegelbild der Wasseroberfläche in einer unsichtbaren Partitur mit Reinheit und Klarheit ausdrückt.

Sarah spürt, sie ist am Ziel. Das Ende vom Anfang ihres Weges hat sie erreicht.

(2005)

Von Mallefix zum Mallefitx

Nein, so hatte er sich das ganz und gar nicht vorgestellt – das wurde ja die absolute Hammerhärte, das ...

Das las sich wirklich alles ganz anders, als er die Prospekte studierte, hochglanzgetrimmt, tolle Fotos ... ja, das machte ihn an. Das sah auch im Internet so richtig toll aus, nach einer wunderschönen Genuss-Tour ... das musste einfach seine nächste Urlaubsreise werden. Und das hörte sich auch nach einer perfekten Mischung einer Aktiv-Erholungs-Fahrt an, als er am Telefon vom Reiseveranstalter hörte, wie die Tour im Einzelnen ablaufen sollte.

Für ihn gebongt, er hatte gebucht: zehn Tage Mallorca, Übernachtung mit Halbpension in einem urigen, gemütlichen Albergo in einem Bergnest halb in der Serra de Tramuntana auf etwa 400 Meter Höhe, Stützpunkt für eine achttägige Radrundfahrt über die Insel, mit Tagestouren rund um die Insel, zu vielen lohnenden Sehenswürdigkeiten, täglich zwischen fünf und sieben Stunden mit dem Rad unterwegs, mit ausgiebigen Pausen für Besichtigungen in verwinkelten Dörfern und an Stränden, ernährungsphysiologisch abgestimmtes Frühstück und Abendessen im Albergo aus typisch mallorquinischer Küche. Und – auch das entsprach seinen Vorstellungen – bestens organisierte und geführte Rundfahrten durch einen Profi-Radtouren- und gleichzeitig Reiseführer, bei täglich neu abgestimmter Planung mit den Teilnehmern. Minimum neun, maximal zwölf Sattelfeste mussten es sein, sonst wäre die Reise und Tour abgesagt worden – doch dazu kam es nicht, es kamen zwölf; laut Reiseveranstalter hätten gut und gerne auch zwanzig mitmachen wollen. Jedenfalls: Er gehörte dazu!

Insoweit hatte er also im nächsten Frühjahr, genauer im März, zehn Tage Mallorca mit dem Fahrrad in seinem Urlaubskalender stehen.

Allerdings, es kamen noch etliche Voraussetzungen für ihn hinzu, um entsprechend vorbereitet zu sein, um womöglich mittendrin nicht auszufallen. Dazu gehörte auch seine individuelle Buchung von Hin- und Rückflug sowie die Anreise zum gebuchten Albergo. Der Veranstalter bot dabei seine kompetenten Dienste an, dies gerne gegen entsprechende Konditionen für die Teilnehmer mit zu übernehmen. Er entschied sich, dies auf eigene Faust zu erledigen – Flüge im Internet zu finden und zu buchen, ist ja heutzutage kein Hexenwerk mehr. Und auch das hatte er über Suchmaschinen bestens eruiert: Es gab eine ideale Busverbindung vom Flughafen ins benachbarte größere Städtchen unterhalb des Bergnestes, und von dort standen Taxis für die Weiterreise in sein Urlaubsdomizil bereit. Es hatte sich inzwischen herumgesprochen, dass genügend Rucksacktouristen – Wanderer und Radler – ein lohnendes Geschäft für Personentransportdienstleister sind.

Alles bestens für ihn, er buchte diesen Part seiner Reise selbst und kam am vorgesehenen Tag auch planmäßig am Nachmittag an. Ab 16.00 Uhr sollten ein erstes Kennenlernen aller Teilnehmer und auch die notwendigen Vorbesprechungen der Tour insgesamt und für den nächsten Tag im Besonderen in gemütlicher Runde stattfinden.

Und das sprach dann wieder für eine perfekte Organisation: Ein absolut hochklassiges neuwertiges Profi-Rennrad wurde gestellt – auch die Einstellung von Sattel- und Lenkradhöhe usw. mit einer anschließenden Probefahrt als kurze Test-Aufwärmrunde sollte vor Einbruch der Dunkelheit noch erfolgen. Dazu wurde er vorher bereits gebeten, unbedingt die Marke seiner Radschuhe mitzuteilen, damit die entsprechenden Pedalplatten, neudeutsch Cleats, mit der kompatiblen Verschlusshalterung in den Schuhsohlen bereits im Vorfeld montiert werden können.

Das Wichtigste durfte allerdings auch nicht unterschlagen und unterschätzt werden: die Kleidung und die Kondition – dafür war jeder Teilnehmer natürlich selbst verantwortlich. Empfehlungen diesbezüglicher Art standen sehr ausführlich und detailliert in den zugeschickten Teilnahmebedingungen der Reiseunterlagen. Aufgrund der Jahreszeit war es unbedingt erforderlich, für alle nur denkbaren Wetterlagen das geeignete Bekleidungs- und Hautschutz-Material mitzubringen. Trotz frühlingshafter Temperaturen im Allgemeinen kann es im März auf Mallorca empfindlich kalt, ungemütlich regnerisch und extrem stürmisch sein, in den Bergen sogar Schnee und Graupel fallen, allerdings auch schon so sonnig werden, dass die Gefahr eines Sonnenbrandes besteht. So stand es warnend in den Beschreibungen zur Tour. Dafür musste er sich so ziemlich komplett neu einkleiden – sein Gepäck hatte das nicht weiter belastet, das Zeug wiegt ja heutzutage kaum noch. Allerdings hatten diese körperbetonten Investitionen seinen Geldbeutel schon arg strapaziert.

Zum guten Schluss durfte er eine weitere wichtige Kondition nicht in den Wind schlagen: nämlich seine eigene körperliche. Als er gebucht hatte, stand das Novemberprogramm im Kalender – da hatte er also noch genügend Zeit, sich in einem Fitnessstudio im wahrsten Sinne des Wortes auch fit zu machen. Es gab für ihn schon noch etliches an Kalorien und Körperfetten abzubauen, und es galt, seiner Muskulatur entsprechende Stärkungspakete anhand zu geben, sich unbedingt auch noch vieles für eine konditionsstarke Ausdauer anzueignen. Doch in knapp vier Monaten lässt sich mit einem gezielt ausgearbeiteten Fitnessprogramm einiges erreichen – dreimal die Woche kam also ein ausgeklügeltes Training für jeweils zwei Stunden hinzu, und mindestens fünf Tage in der Woche war für 60 bis 90 Minuten radeln auf dem Hometrainer angesagt. Für ihn zwar langweilig, doch er sollte ja am Ende mit einer Genuss-Tour belohnt werden. Und außerdem tut das den Winter über auch ganz gut, sich anständig zu bewegen, statt am Abend immer nur Weihnachtskekse krümelessend im Sofa zu lümmeln.

Es wurde März, das erste Wochenende in diesem Monat rückte näher. Aus seiner Sicht konnte es endlich losgehen, er hatte sich ja auch den Winter über bestens vorbereitet. Er freute sich schon riesig auf seine zehn Tage Mallorca. Er fühlte sich fit, um die täglichen Radtouren locker durchzuziehen. Er hatte alles sinnvoll gepackt; für alle Unbillen und Billen, die das Wetter bereitstellen könnte, war er gut gerüstet. Er ging noch mal alles in Gedanken durch, ob er nichts vergessen hatte ... und dann wars soweit: Ein ruhiger Flug, ein problemloser Transfer zum Zielort, im Albergo eine freundliche Begrüßung durch die Wirtsleute, ein älteres mallorquinisches Ehepaar, und insgesamt eine herzliche Atmosphäre in der Herberge.

Er kam als erster an, und so hatte er Zeit, sich in aller Ruhe in seinem Zimmer einzurichten. So gefiel es ihm – gut fing es an, und so konnte es auch weitergehen ... das waren sein Gedanken, als er auf der gartenähnlich angelegten Terrasse saß und auf das weitere Geschehen für den noch verbleibenden Tag wartete. Das dann auch nach und nach schön der Reihe nach folgte.

Sie rollten ein, natürlich noch ohne Rad; doch alle bereits im Outfit, das sie mehr oder weniger die nächsten Tage in gleicher oder sehr ähnlicher Ausstaffierung angelegt hatten – vielleicht sogar des Nachts: die Elf anderen, kunterbunt und schrill wie Papageien oder Paradiesvögel, perfekt durchgestylt, als gelte es, die Tour de France oder Mailand - San Remo zu gewinnen. Einer gruseliger wie der andere, so kam es ihm vor. Zugegeben, zwar alles Funktionskleidung, doch nur vom Feinsten und Edelsten, wie er bereits gleich nach jeder einzelnen Begrüßungsvorstellung und nicht enden wollenden Eigenlobeshymnen hören und sehen, ja auch fühlen musste. Und natürlich auch zu bewundern hatte. Da wurde bereits, bevor es richtig losgehen sollte, aufgefahren, dass ihm schwindlig wurde. Wie soll das erst aussehen, wenn gefahren wird? Seine Einstellung, die er gleich am ersten Nachmittag gewinnen musste: alles ziemlich abgefahren. Und auch das Schuhwerk klackte unüberhörbar auf den Steinplatten im Gastgarten, weil ja jeder schon mit seinen Radeltretern mit der plastikharten bajonettverschlussartigen Pedalsicherungsbindung unter den Sohlen antrat; wie bei einer Parade zu irgendeinem Jahrestag. Er hatte das Gefühl, dass seine neuen Radtourkollegen das auch vorab genau so einstudiert hatten und zelebrieren wollten.

Seine elf Radtourkollegen, mit denen er nun acht Tage um irgendwelche Siege oder Rekorde kämpfen musste ... so kam es ihm vor. Und so präsentierten sie sich auch auf der Terrasse: Die ersten beiden, die ihn begrüßten, waren der Siggi und der Tom, beide aus Gütersloh und seit Jahren ein unzertrennliches Rad-Tandem, natürlich jeder auf seiner eigenen Maschine, wenns kreuz und quer durch Münsterland ging – sie sehnten sich dieses Mal auf anständige Bergbestürmungen. Der nächste, Sepp, aus dem Voralpenland, kam alleine, sozusagen als Einzelkämpfer, er wollte endlich mal andere Berge als die in seiner Heimat radelnd erklimmen. Dann polterte ein 5er-Pulk aus dem Sächsischen drauflos – man hörte es bereits beim ersten Hallo in die Runde. Und man sah es auch an den mit Worten und Bildern vollgepflasterten Klamotten, dass sie alle zu einem erzgebirgigen Radclub gehörten. Und was er auch gleich bei ihrer lautstarken Vorstellung mitbekam: Die nehmen ihren Sport ernst, der Schorsch, der Manne, der Heini, der Ritschie und der Freddi – verbissene Gesichter, durchgestählte Körper, muskelgestärkte Oberschenkel, energiegeladene Bewegungen, nur ein Thema drauf, wo sie schon was alles hoch- und runtergeradelt sind. Der Nächste kam wieder solo, auch ein Josef, doch Jupp genannt, weil er aus dem Rheinland, ausm Kaff nahe Köln stammt, linksrheinisch – ein eifriger Eifelradler; Jupp wollte endlich mal wissen, was die Gegend hier zu bieten hat – was er allerdings auf der Fahrt bis hierher so gesehen hatte, sah Malle mehr nach pille-palle aus. Doch anschließend wird er noch nach Balle (haha!) gehen, für 'n paar Tage auf Ballermann, da geht dann für ihn erst richtig die Post ab. Und just nach diesen Worten kamen die letzten beiden Muskelpakete auf die Terrasse getrabt – wie passend im Reim: Kalle, der eine, und im Schlepptau sein Kumpel Walle; von der Insel Rügen beide, und jetzt zum dritten Mal hier auf dieser Insel. Und ihrer Begrüßung nach zu urteilen, kannte man sich teilweise bereits von anderen Touren, zumindest die Thüringer Truppe ... wie er, insgesamt ziemlich sprachlos, überhaupt den Eindruck gewann, dass sie sich alle schon irgendwo begegnet sind oder auch Strecken gemeinsam abgerollt hatten; irgendwie eine verschworene Sippe von gleichgesinnten Pedaltretern.

Er kam sich vor wie ein Außenseiter ... was er sich auch in mehrfacher Hinsicht eingestehen musste: a/ konnte er absolut nicht mitreden, da es ja seine erste Tour werden sollte und b/ ließ ihm sein Vorname auch gar keine Möglichkeit, in Koseform oder umgangssprachlich gruppendynamisch abgewandelt und angepasst zu werden. Sollte er sich als Clemmi oder gar als Clementini oder noch blöder, als Menzi, Menzo, Menno oder sonst wie vorstellen? Und auf den Vorschlag eines Typen aus der Thüringer Riege, er wäre unser Lemmi ... nein, darauf wollte er sich auf keinen Fall einlassen. So blieb es auf den Etappen und abends in gesellig schmatzender Runde beim „Hey Du!!!". Er reihte sich in diese Truppe sozusagen namenlos ein.

Außerdem wurde es nun endlich Zeit für ihn, sich ebenfalls in Radmontur zu werfen, wenn er nicht weiterhin als Exot bei diesem Stelldichein auf der Terrasse dastehen bzw. -sitzen wollte – zumal die Hausherrin des Albergo den Gruppenführer, wie sie ihn etwas fremddeutsch nannte, innerhalb der nächsten Viertelstunde ankündigte, wie selbiger ihr gerade am Telefon berichtete.

Doch als er in seinem ordnungsgemäßen Outfit wieder auf der Terrasse erschien, wurde es für ihn auch nicht anders, schon gar nicht besser als vorher. Im Gegenteil – milde belächelt von den nicht ganz so Hyperaktiven, lauthals ausgegrinst von den Extremeren, den „Exhibitionisten" der hier gerade neu zusammengewürfelten Gruppe, so musste er sich schlichtweg begaffen lassen. Der Grund war sofort augenscheinlich: Er entsprach mit seiner Tourenkleidung zwar allen Anforderungen, die an die funktionaltextile Ausstattung für seinen Körper erfüllt sein mussten, doch es changierte in Farbgebung zwischen einem eintönigen Mausgrau und einem äußerst blassen Taubenblau, und in der Formgebung erinnerte es ein wenig an die Trainingsanzüge der 50er und 60er Jahre des letzten Jahrhunderts. Funktional ja; doch chic und hip im Styling und kunterbunt in farbenfröhlichen Applikationen ... das nun wirklich nicht. Und schon gar nicht als lebendige Reklamestatue trat er auf, so ging er nun ehrlich gesagt überhaupt nicht durch. Auf gut deutsch: Er passte so gar nicht ins Bild dieser hochkarätig durchgestylten und damit auch genormt angepassten Horde höchstwahrscheinlich extrem verrückter Freaks der Asphaltpisten.

Viel Zeit zum Staunen und vor allem zum Lästern blieb den Elfen allerdings nicht, kam doch alsbald nach seinem glanzlosen Auftritt auch schon die Hauptperson, die die nächsten Tage das gesamte Procedere der Radrundreise bestimmen sollte.

Jawoll, da stand er nun in voller Montur vor allen – und genauso wie er das erwartet hatte, besser oder auch schlechter, wie er das schon befürchten musste: ihr Reise- und Tourenführer der Genuss-Radtour auf, durch und über Mallorca. Für ihn wurde in diesem Augenblick klar – mit dem Kerl von Führer, Leiter, Chef oder was auch immer wird nicht gut Kirschen essen sein. Obwohl die ja noch gar nicht blühten, so es überhaupt Kirschbäume auf der Insel gibt. Es gab ja grad erst die Mandelblüte in voller Pracht – vielleicht, so dachte er ironisch in sich hinein, sollte es heißen, mit dem Typ ist nicht gut Mandeln knabbern.

Das war also der Eddy, der schillerndste Königspapagei von allen, wie er sich breitbeinig, die Hände in die Hüften gestemmt, vorstellte – und auch seine Vorstellungen, wie die Tour ablaufen wird, vor den plötzlich schweigenden zwölf Mannen, die sich eher wie Weicheier fühlen mussten, in knackigen, in zackigen Worten kundtat. Damit war von vorneherein klar, wer hier das Sagen hat und wer in den nächsten Tagen die Kommandos geben wird. Übrigens, Eddy wurde er schon in seinen besten Zeiten genannt, vom legendären Eddy Merckx abgeleitet, dem er nach Ansicht seiner Kumpels damals auf dem Niveau der Bezirksklassenebene in nichts nachstand bzw. nachradelte. Richtig hieß er wohl Eric oder Erich, wie ihm die Besitzerin des Albergo bei seiner Abreise verriet, doch hier in der Gegend nannten ihn die Einheimischen inzwischen alle nur noch Enrico. Wenigstens den Anfangsbuchstaben konnte er während seiner Touren als seinen verniedlichten Fahrradkumpelkosenamen beibehalten.

Wie auch immer – auch auf dieser Tour hatte er gefälligst nur Eddy gerufen zu werden ... zum Typ als solchen: garantiert ein Alpha-Tier, bis in die kleinste Muskelfaser durchtrainiert, Mitte bis Ende 40, könnte seine besten Jahre nach dem Profiradsport als Fremdenlegionär durchgezogen haben, dominant über alles erhaben, keine Widerworte duldend ... Eddy wollte von Anfang an zeigen, wer der Herr im Ring (im Reifen, verkniff er sich grinsend) ist. Und dass er alles besser wusste als alle anderen, machte er auch gleich deutlich.

Ursprünglich aus der Nähe von Frankfurt, breitestes Hessisch, wenn er den Mund auftat – was übrigens sehr oft geschah, sogar während des Fahrens – lebt seit etwa acht Jahren auf Malle, macht das ganze Jahr über nichts anderes als organisierte Radtouren – für so Typen wie Euch, war aus seinen Worten etwas abfällig herauszuhören, wenn man eine Spur sensibel ist. Eddy weiß also, wie und wo es lang geht, und vor allem, wie er als Verantwortlicher für den reibungslosen Ablauf der Gruppenfahrt das anzupacken hat ... Wer nun noch Fragen hatte, bitte sehr, durften die natürlich auch gleich gestellt werden und darüber hinaus auch zu jeder Zeit – doch nach dieser Vorstellung gab es keine, bzw. traute sich wohl auch keiner, sich in irgendeiner Form fragend zu äußern.

Also dann, für den Boss war alles klar – es ging zur Anprobe, wie er das nannte, bevors dunkel wurde. Die Räder standen in der Garage hinter dem Albergo, die jedoch mehr einem Schuppen glich. Den Sattel unter die Ärsche, die Schuhe in die Pedale geklemmt, und ab zur ersten Aufwärmrunde, die zehn Kilometer runter ins kleine Städtchen führte, aus dem alle vorhin auf eigene Faust und Rechnung nach oben kamen, ist ja lediglich ein lockeres Abwärtsrollen, und dann wieder zurück zum Albergo, so konnte jeder die Gänge ausprobieren und im Anschluss dann noch Höhen- oder Tiefeneinstellungen am Lenkrad, am Sattel oder wo auch immer, korrigieren.

Zunächst machte Eddy eine kurze Begutachtung bei jedem Einzelnen: die Klamotten, doch vor allem den Fahrradhelm, das Schuhwerk, unbedingt die Brille, damit unterwegs keine unbekannten bzw. unbemannten, haha, Flugobjekte in die Augen zielen, und pro Mann zwei am Rennrad gut gesicherte Getränkeflaschen. Und dann gings auf die Piste.

Ein mögliches anfängliches Schnaufen nach den letzten Kilometern wieder bergauf wurde locker weggesteckt, das wollte sich auch niemand wirklich anmerken lassen. Zurück im Albergo gabs dann die Feinjustierung an der Rennmaschine – dabei war Selbst-Handanlegen gefragt. Dann folgte das Abendessen, für ihn nach allem, was bisher geschah, ein kleiner Höhepunkt des Tages, köstlich, sehr schmackhaft – doch bei den anderen hatte er den Eindruck, es diente lediglich der Nahrungsaufnahme, und auch das Selbst-Handanlegen mit Löffel, Gabel und Messer war bei einigen in der Feinmotorik durchaus noch verbesserungswürdig. Es musste allerdings eh alles relativ schnell vonstatten gehen, da im Anschluss von Eddy das Programm für morgen im Detail und ein grober Überblick über die kommenden Tage vorgestellt wurde. Und dann war auch schon Feierabend – es ging ab in die Koje, denn morgen früh Punkt acht Uhr ist sattelfest Start, und die Tour wird es zur Eingewöhnung schon mal anständig in sich haben. Frühstück konnte ab sieben Uhr eingeworfen werden, für jeden individuell vom aufgebauten kleinen Buffet.

Es wurde eine unruhige Nacht für ihn – man kennt es ja, das Gefühl, überhaupt nicht geschlafen zu haben, obwohl es schon die eine oder andere Stunde gab, in der er mehr schlecht als recht geträumt hatte. Jedenfalls ging ihm gefühlte Stunden lang immer wieder die vor ihm liegende Tour durch den Kopf – es drehte sich permanent im Kreis, letztlich blieb sein Fazit: Das war es nicht, was er sich von seiner Reise auf Mallorca vorgestellt hatte. Der Typ von Vorfahrer, Vorführer, Vorreiter war ihm ausgesprochen unsympathisch – ratz, fatz, die gesamten Tagestouren zügig erklärt, und die Meute um ihn herum komplett begeistert: klasse Rundfahrten, da gabs nichts zu meckern. Fragen gabs auch jetzt sowieso keine, und wenn, wurden sie sich verkniffen. Und er traute sich schon mal gar nicht, irgendwas anzumerken, geschweige denn sich anmerken zu lassen.

Er wälzte alles im Kopf, er wälzte sich quälend im Bett herum – das Ende dieser Nacht war, dass er durch und durch gerädert war, obwohl noch gar nichts so richtig angeradelt wurde. Nicht mal das Frühstück, auf das er sich im Vorfeld schon riesig gefreut hatte und bei Sonnenaufgang auf der Terrasse mit einem Café con leche genießen wollte, schmeckte ihm so richtig. Und es fröstelte ihn – auch wenn die Sonne an diesem Morgen vor einem fast strahlend blauen Himmel aufging, war es empfindlich kalt, laut Thermometer grad mal sieben Grad.

Und dann war Abfahrt. Punkt Acht; da gabs kein Pardon – wer nicht fertig war, hätte nachfahren und auf der bekannten Abfahrt ins kleine Städtchen die Truppe ja locker einholen können. Doch dazu kam es nicht. Alle standen – warm eingepackt und dennoch stromlinienförmig angezogen – schon ungeduldig in den Pedalhufen. Er natürlich auch, doch es wollte ihm nicht so richtig gut gehen dabei. Er fühlte sich schon gleich auf den ersten Metern nicht wohl in dem Pulk ... und das blieb auch den ganzen Tag so.

Die Tour war gestern Abend wirklich schnell erklärt. Die Kurven runter ins Städtchen, das kannten sie ja schon. Dann fast topfeben, na ja, ein bisschen auf und ab bis Pollença, weiter nach Port de Pollença, und dann noch die Serpentinen zum Cap Formentor hoch. Macht bis dahin rund 50 lockere Kilometerchen. Wenn man Glück hat und es ist nicht so dunstig, mit Blick auf Menorca. Kleines Trinkpäuschen, dann zurück, logisch abwärts, wieder nach Pollença. Ein bisschen Mittagspause in irgendeiner Bar draußen auf dem Platz, ne Viertelstunde sollte reichen fürn Kaffee oder was auch immer. Am Nachmittag wollten sie ja noch hoch Richtung Kloster Lluch, da gehts dann auch mal ein Stück zur Sache, so etwas über 500 Meter – nicht lang, hoch; lang ists etwa 30 Kilometer, die Hälfte davon als Steigung – als kleine Steigerung nach dem lässigen Vormittagstöurchen. Das Kloster bleibt allerdings links liegen, da gehts ja noch am Donnerstag so richtig hin und dann weiter durch die Berge immer oben über die Passstraßen. Es muss ja zeitig zum Abendessen alles gelaufen, alles abgerollt sein – doch kein Problem, das sitzt sich an der linken Arschbacke ab, am Ende fast nur runter. Und lediglich als gemütlicher Vorgeschmack, wie es dann am Donnerstag hoch geht. Bleibt dann noch der Rest für heute, das Stück wieder hoch zum Albergo, das ist ja nun inzwischen hinreichend bekannt. Wer mitgezählt hat, es werden knappe 100 Kilometer – aus Erfahrung für den ersten Tag absolut in Ordnung.

So schön sie sich auch anhörte, die Radtour, von dem, was es zu sehen geben sollte von den Schönheiten Mallorcas, so langweilig und kurzatmig, mehr noch, so enttäuschend wurde die Tour für ihn. Zunächst einmal erforderte seine erste ausgedehnte Radfahrt im Konvoi auf Mallorca seine volle Konzentration. Die Jungs, allen voraus Eddy, der Führer, machten auf Tempo; da hieß es für ihn höllisch aufpassen, die Kurven richtig zu nehmen, keinem seiner Mitfahrer zu nahe oder gar in die Quere zu kommen, auf den schmalen Straßen rechtzeitig entgegenkommenden Fahrzeugen auszuweichen ... und auch die Geschwindigkeit zu halten, mitzuhalten, um nicht abgehängt zu werden. Unten dann, auf den mehr ebenen, nicht so kurvenreichen und breiteren Straßen wurden sie ständig von Autos überholt; da sie meist zu Zweit oder Dritt nebeneinander im Pulk fuhren, wurden sie oft genug angehupt und teilweise auch ganz schön eng geschnitten. Fluchend wurde zurückgebrüllt, der Stinkefinger gezeigt, rumgespuckt. Er hatte den Eindruck, seine Truppe war drauf aus, jedem zu zeigen, was sie so drauf haben und wer hier Kapitän der Landstraßen ist. Und auf diesen Strecken strampelten sie dann richtig zur Sache, als wollten sie einen neuen Rekord aufstellen.

Bis zum Kap Formentor wurde ohne Halt durchgestrampelt; die doch recht steile Serpentinenstraße hoch ans nördlichste Ende der Insel ging ihm ganz schön in die Beine, in die Knochen, an die Substanz. Da half auch nicht mehr, im Windschatten der anderen im Pulk zu fahren, hier blies der Wind den Mannen ganz schön ins Gesicht, oder von der Seite in die Flanken; und wenn er von hinten kam, gab das bergauf nur wenig Auftrieb. Oben dann am Kap rund um den Leuchtturm hieß es für ihn erst einmal ausschnaufen, tief durchatmen und nen kräftigen Schluck aus der Flasche. Für einen Blick auf Menorca wars zu dunstig, und die erste Reihe an der Steinmauer, die jeden vor dem jähen Sturz über die Felsen ins Wasser rund 400 Meter tiefer bewahrte, war bereits komplett von anderen Touren-Trupps belegt, sowohl pedaltretenden als auch touristisch-autobusmobilen. Nach nicht einmal fünf Minuten Pause gings auch schon wieder die Serpentinen zurück, bei ständigem Gegenverkehr, meist Bussen, dessen Fahrer grad mal so die engen Kurvenradien bewältigt bekamen. Ein Fahrvergnügen für Radfahrer sah aus seiner Sicht ganz anders aus – er sehnte sich schon jetzt nach der größeren Rast in Pollença, auf der Plaza Mayor, bei einem Café con leche, ein wenig Sonne tanken und seinen Beinen eine kleine Auszeit gönnen.

Zwanzig Minuten waren dafür anberaumt. Es sollte anders kommen, auch wenn die Pausenzeit fast korrekt eingehalten wurde. Was Zeiten anging, war Eddy zuverlässig wie ein Uhrwerk.

Die Plaza Mayor in Pollença ... keine Frage, zu anderen Zeiten ist sie gewiss ein beschaulicher Ort zum Verweilen, zum Betrachten, zum Beobachten, zum Genießen eines gemütlichen Kaffees oder eines Eisbechers in einer der zahlreichen Bars bzw. natürlich draußen auf dem Platz. Doch um die Mittagszeit, als die Zwölf plus Eddy im Zentrum des sonst geruhsamen Städtchens einrollten, hatten bereits zig andere Radelgruppen das gleiche Ziel erobert, das gleiche Bedürfnis: dort zu pausieren. Auf gut deutsch: Der Platz war übervoll mit durchweg uniformierten Gleichgesinnten – an den Tischen die Menschen, ringsherum die Maschinen.

Ein Stück weit eine gewisse Herausforderung, einen Tisch für dreizehn Personen zu finden, etwas zu trinken zu bekommen und binnen der vorgesehenen Zeit bezahlt zu haben und wie geplant wieder im Sattel zu sitzen, das nächste Ziel im Visier. Doch Eddy zeigte sich erprobt in diesen Dingen: Sein Trupp bekam die Aufgabe, die Stühle, die noch unbesetzt irgendwo auf dem Platz herumstanden, zusammenzutragen. Einen kleinen Tisch fanden sie noch, um sich daran nahtlos eng zu drapieren. Der Chef selbst ging in die Bar, um dreizehn Cola zu bestellen und auch gleich zu bezahlen – abkassieren von jedem würde er am Abend. In Anbetracht der erlebten Situation verbot es sich, ein anderes Getränk zu wollen oder gar Sonderwünsche zu haben.

Bis der Kellner die Getränke brachte, vergingen natürlich etliche Minuten – sprich, man musste das kohlensäurehaltige Zeug in zügigen Schlucken in sich reinschütten; für ihn kam erschwerend hinzu, dass er dies nur widerwillig mitmachte. Er mag grundsätzlich keine Cola und auf so einer Tour erst recht nicht – mit dem ständigen Gerülpse danach auf dem Rad. Das Zeitfenster wurde schließlich um eine Minute überschritten; er hatte das Gefühl, dass der Gruppenführer dies zwar schluckte, doch durchaus missbilligend auf seine Uhr schaute. Der Platz, vor allem ihr Platz wurde so hinterlassen, wie die Gruppe ihn sich hergerichtet hatte. Er war im Grunde genommen froh, dass er dort weg kam – auch wenn nun das härteste Stück Fahrt für heute noch vor ihm liegen sollte. Er empfand es fürchterlich ungemütlich, ihm war es fast schon peinlich, dort so mit den anderen zu sitzen, überall um ihn herum nur irgendwie Gestörte, die nichts anderes schwätzten als über alles, was mit Radfahren zusammenhängt. Um es auf einen einfachen Nenner zu bringen: Dort, auf der Plaza Mayor in Pollença, wurde ihm deutlich vor Augen geführt, dass er ab sofort von dieser Tour die Schnauze gründlich voll hatte. Punkt. Ausrufezeichen! Drei am Stück!!!

Der Rest der noch etwa vierstündigen Fahrt hoch in die bergige Gegend im westlichen Teil der Insel, also richtig in die Serra de Tramuntana, die kleine Trinkpause nahe dem Kloster Lluch und die kurvenreiche Abfahrt sowie dann wieder der Anstieg in ihr Albergo blieb für ihn ziemlich erinnerungslos. Er spulte meist als letzter in der Reihe sein Programm mehr oder weniger mechanisch ab; er spurte es ab, fast ausschließlich vor sich alles Grau in Grau den Asphalt im Blick. Und nachdem es sich zunehmend zugezogen hatte, schaute er bei einigen wenigen Blicken nach oben ebenfalls in ein monotones grau bewölktes Einerlei. Auch das Abendessen ging ziemlich leidenschaftslos durch die Speiseröhre, bei den Gesprächen bei Tisch nur über das Eine von der zurückgelegten Tour hörte er schon gar nicht mehr zu ... und das Briefing für die bevorstehende morgige Strecke nahm er vollkommen unbeteiligt wahr. Er wollte nur noch ins Bett, was auch bald danach geschah – für jeden übrigens. Es ging wohl allen doch ganz schön an die Substanz, und für den nächsten Tag hieß es noch mal mehr, wieder fit zu sein.

Der nächste Tag wurde für ihn nicht anders als der bereits erlebte – ums konkreter zum Ausdruck zu bringen: ein Abklatsch der gestrigen Tour. Einzig mit dem Unterschied: Es galt nicht, an Höhe zu gewinnen, es zog sich schlichtweg in die Länge – statt der exakten 97 Kilometer zuvor nun 145. Da es größtenteils ohne nennenswerte Steigungen ablief, wurde die Steigerung im Tempo spürbar. Für ihn gab es wiederum wenig zu sehen – lediglich die Räder und Rücken seiner Kollegen vor sich, und die Straßen, dieses Mal breitere mit reichlich PKW-, LKW- und Bus-Verkehr, und alle im Überholmodus. Apropos Rücken: Auch wenn er keine Werbung für irgendwas machen möchte, der Name „Interstuhl" auf der Hose hinten seitlich auf Höhe der Oberschenkel von einem aus seiner Truppe ließ ihn dann doch schmunzeln. Und immer dann, wenn er diesen Hintern vor sich auf dem Sattel hocken sah, kamen ihm bei dem Namensschriftzug irgendwie seltsame Assoziationen in den Sinn.

Ihr Speed dann hatte zur Folge, dass sie ihr mittägliches Etappenziel fast eine Viertelstunde früher als geplant erreichten; mit für ihn einschneidenden Erlebnissen, die ihn an seinem gesunden Menschenverstand zweifeln ließen.

Im Zeitraffer: Die Plaza war größer, großzügiger, die bereits dort pausierende Meute insgesamt überschaubarer – man konnte vier runde Tische zusammen- und sich die entsprechenden Stühle locker zurechtrücken. Und da nun zwangsläufig die Pause länger war, warteten sie auf den Kellner, um ihre Bestellung aufzugeben. Die meisten tranken wiederum Cola – entweder Ritual oder es bringt womöglich doch verbrauchte Energie zurück, mutmaßte er. Jedenfalls bestellte er als einziger einen Cortado und ein Mineralwasser ... und wurde von den anderen dabei wieder mal etwas mitleidig betrachtet. Zu essen traute er sich nichts ... es machte keiner im Team „Mallefix", wie er die Truppe inzwischen für sich nannte, das war wohl während einer solchen Tour verpönt. Morgens und abends ernährungsphysiologisch ausgewogene Kost, das musste reichen, und tagsüber gabs nur Flüssigkeit.

Es dauerte zwar, bis der Kellner mit dem Bestellten kam – doch pausenzeitlich verursachte dies noch keinen Stress. Und diese Tatsache führte zu einem Schauspiel, das ihn schier vom Hocker riss. Sieben Mann aus seiner Gruppe meinten, es wäre doch hier und jetzt absolut der beste Platz, um sein durchgeschwitztes Leibchen durch ein frisches Ersatzhemd, das sie zusammengerollt irgendwo in einer der vielen Aufbewahrungstaschen in ihrer perfekten Kleidung verstaut hatten, zu tauschen. Das muss man sich mal geben: Mitten im Geschehen auf dem Platz zeigten sie stolz ihre geschwellte Brust mit den ausgeprägten muskulösen Attributen ... das nächste war eine angedeutete Ehrenrunde in dieser so schon seltsamen, fast lächerlich anmutenden Gangart in den Schuhen mit der Pedalsicherung unter der Sohle. Er hatte den Eindruck, dass es galt, hier vor dem zahlreichen Publikum den Bodybuilding-Wettbewerb „Der lächerlichste Malle-Muskelprotz?" für sich zu entscheiden. Nur gut, dass sie dann doch vor einem sensationspeinlichen Hosenwechsel Abstand nahmen – es reichte auch so, ihm und vielen anderen Gästen, die auf diesem Platz auch ohne Fahrrad einfach nur saßen, essen und tranken. Und als sie dann in ihrer frischen Funktionsunterwäsche endlich am Tisch über die beste Kleidung palaverten, gehörten sie wieder zu den 08/15-Einheitsradlern, jeder zwar als individuelle Litfaßsäule, doch uniformiert in schrillen, wort- und bildreichen Farben und Formen. Er wusste nicht so recht, ob er das, was er gerade erlebt hatte, zum Schreien oder zum Piepen fand – peinlich jedenfalls war es ihm allemal; er schämte sich glatt für sie.

Am Ende wurde es dann doch wieder knapp in der Zeit bis zur exakt vorgeschriebenen Weiterfahrt. Der Kellner war insgesamt gut beschäftigt und Eddy so langsam im doppelten Sinne der Bedeutung bedient, dass es partout nicht weitergehen konnte. Über sieben, acht Tische hinweg brüllte ihr Führer das Bedienungspersonal, mit dem rechten Arm wild fuchtelnd, mit einem markerschütternden „Ääeeeh!" an, um gleich danach noch mit Daumen und Zeigefinger das international gängige Zeichen für Bezahlen zu reiben und durch ein kreischendes „Zahlen!" zu untermauern. Der Kellner schaute kurz auf, ging gelassenen Schrittes mit einem Tablett voll Leergut in die Bar, kam irgendwann wieder mit neu gefülltem Tablett auf den Platz, verteilte die Getränke und einige Bocadillos an diversen Tischen, um sich dann provokativ langsam mit einer Schale plus Kassenbon an ihren Tisch, besser, an ihre Tische zu bequemen – dies, ohne ein Wort zu sagen und sie auch nur eines Blickes zu würdigen. Das sah ziemlich lässig aus, was anscheinend auch vom Kellner so gewollt war – diese Sorte Gäste kannte er wohl zu genüge.

Nun kam das Procedere des Geldzückens, das Portemonnaie wurde aus einer der vielen rückwärtigen Taschen ihrer Windjacken gefummelt und aus einer feuchtigkeitsdichten und wasserfesten Plastikfolie gefingert. Kleingeld war gefragt, am liebsten passend, Zeit für die Rückgabe eventuellen Wechselgeldes gab es nun effektiv nicht mehr. Jeder legte seinen notwendigen Obolus in die Schale, Trinkgeld bräuchte der Kerl von Kellner nun wirklich nicht, bemerkte Eddy peinlich unwirsch, um noch überflüssigerweise zu ergänzen: Los gehts, keine Angst, der holt sich schon sein Geld, Geier, wie sie hier allemal sind.

Der Trupp stakste zum Fahrgerät, sattelte auf, es klackte wie Trommelschläge in die Pedale ... für die nächsten gut fünf Stunden blieben sie nun auf ihrem Rad; er in seinem noch leicht feuchten Hemd, das er dann am Abend hätte auswringen können. Ein verbaler Austausch mit anderen Gruppen in der Pause fand heute nicht statt; wozu auch, es war ja doch immer das gleiche Geschwätz. Karten lesen, wo es langging oder noch langgeht, konnte er sich ebenfalls schenken; Eddy wusste ja eh Bescheid, das musste reichen. Und er erkannte endgültig, dass er seine extra neu gekaufte, handlich kleine Kamera, die auch für einen Nichtprofi wie ihn automatisch gestochen scharfe Bilder hinbekommt, hätte daheim lassen können: Für Aufnahmen blieb gar keine Zeit, wenn er nicht total abgehängt werden wollte, und in den wenigen Pausen die Truppe oder einzelne daraus zu fotografieren, nein, solche Motive brauchte er nun wirklich nicht für seine Sammlung der schönsten Bilder Mallorcas.

Es ging also fünf Stunden bis zum Abend kreuz und quer durchs Inselinnere, dann wieder an einigen Küsten- und kurzen Strandstraßen oben im Nordosten von Mallorca entlang; doch außer Asphalt, Hinterrädern und Reklamerücken blieben ihm die reizvollen Ansichten der Insel verborgen. Das Abendessen riss dann diesen Tag auch nicht mehr heraus. Für ihn war die Sache beim Zubettgehen abgeschlossen – ab sofort wird er aussteigen.

Gedacht, getan, am nächsten Morgen tat er es kund – kurz und knapp. Zunächst das gleiche Bild: Die Truppe stand bereits gesattelt und scharrte in den Hufen bzw. rollte bereits in konzentrischen Kreisen ihre Runden vor dem Albergo. Er ging zielstrebig auf den Gruppenführer zu und sagte ihm seine gefällte Entscheidung: aus die Maus! Eddy nahm es wort- und antwortlos zur Kenntnis, zuckte kurz die Schultern und nickte mit dem Kopf. Die restlichen Elf hatten diese kurze Episode überhaupt nicht wahrgenommen, so beschäftigt, wie sie mit und auf ihren Rädern waren – obwohl er durchaus auffällig in Freizeitkleidung erschienen war.

Die Meute fuhr los, und er blieb allein zurück, ohne Wehmut, ohne Abschiedsgruß, ohne ein Winken. Auf dem Weg zurück zur Terrasse, zu seinem Frühstückstisch, fühlte er sich spürbar erleichtert. Bereut hatte Clemens seinen Schritt in keiner weiteren Minute seines restlichen Aufenthalts auf dieser wundervollen Insel.

Da saß er nun alleine auf der Terrasse und frühstückte in aller Gelassenheit in der Morgensonne, die sich darauf vorbereitete, die Insel mit ihrer Wärme zu beglücken. So gefiel es Clemens, so hing er den Gedanken nach, wie sein Urlaub weitergehen könnte. Die Besitzerin des Albergo hockte sich auf einen Cortado zu ihm an den Tisch. Sie hörte ihm zu, welche peinlichen Erlebnisse er die letzten zwei Tage sammeln musste, mal kopfschüttelnd, mal achselzuckend, mal zunickend. Sie kannte viele seiner geschilderten Beschreibungen, es war nicht das erste Mal, dass Teilnehmer an solchen Radtouren vorzeitig ausgestiegen sind. Und: Señora Juana wusste, was Clemens suchte und auch, wie sie weiterhelfen konnte. Ein paar Telefonate, ein paar Karten und Prospekte, die sie vor Clemens ausbreitete, und Juana schrieb eine gut gefüllte Vorschlagsliste, wie er die noch vor ihm liegenden Tage nach seinem Geschmack und seinen Vorstellungen gestalten könnte. Vor allem klang es sehr stark nach Genuss und Erleben – beides würde ihm gewiss gefallen, betonte die Besitzerin des Albergo.

Clemens packte seine sieben, na gut, seine siebenundzwanzig Sachen, Juana, da sie ebenfalls zum Großeinkauf runter ins Städtchen musste, nahm ihn in ihrem kleinen Transporter mit. An der Bushaltestelle gab es zwischen den beiden eine herzliche Verabschiedung. Und dann gingen beide ihre eigenen Wege – sie mit ihrer langen Einkaufsliste und leeren Taschen, er mit gefülltem Rucksack und dem vollgeschriebenen Notizzettel, den Juana ihm übersichtlich aufbereitet für all seine weiteren Wege auf Mallorca mitgegeben hatte. Clemens fuhr mit dem Bus nach Palma, sah die zartgrün und schon ziemlich bunt blühende Landschaft an sich vorüberziehen und zwischendrin studierte er immer wieder aufs Neue die Hinweise, wie es weitergeht. In Palma musste er in einen anderen Bus umsteigen, der ihn in den Süden der Insel bringen sollte. Fast zweieinhalb Stunden blieben Clemens, um durch die Altstadtgassen der Hauptstadt gemächlich zu bummeln, gemütlich einen Café con leche zu trinken und die eine oder andere zufällig an seinen Zickzackwegen liegende Sehenswürdigkeit zu bestaunen. Obwohl er die Gewissheit verspürt hatte, jede Gasse, jedes Haus, jeder kleine Platz, jede Ecke lohnt des Beachtens und Betrachtens.

Müßiggang oder Mußegang, es wurde eine Mischung aus beidem, bis ihn der Bus an sein nächstes Ziel brachte. Er nannte dem Busfahrer die Haltestelle, stieg nach einer längeren Fahrt über die Dörfer dort als einziger aus, inmitten von Landschaft, Wiesen, Äckern, Feldern mit Mandel- und Olivenbäumen links und rechts der Straße, und verfolgte mit seinen Augen einen kleinen Fahrweg, der weit hinten in einer Kurve verschwand. Aus einem gleich neben dem Bushalt geparkten Pick-up stieg ein junger Mann, um die dreißig, Vollbart, Haare zum Pferdeschwanz zusammengebunden, grobes Baumwollhemd, eine Jeans, derbes Schuhwerk. Mit einem breiten, sein Gesicht umfassenden Lachen und einem festen Händedruck begrüßte er Clemens. Jaume, sein Name, Juana, seine Tante, hatte ihm am Telefon ja alles schon erklärt, und nun bitte einsteigen zu unserem kleinen Bauernhof ganz da hinten, dort, wo die Hügel beginnen, deutete er etwas unbestimmt an. Die beiden fuhren also den löchrigen Makadamweg etwa zweieinhalb Kilometer durchs Land, durch eine üppige Landwirtschaft, die Jaume und die anderen, die er gleich kennenlernen würde, betreiben.

Sie landeten am Ende des Weges auf einer kleinen Finca – einerseits ein alter, voll funktionstüchtiger Bauernhof im typisch alten mallorquinischen, grobsteingemauerten Stil und dahinter angebaut ein geschmackvoll gestaltetes und eingerichtetes neueres Nebengebäude, das in seinen fünf Zimmern bis zu zwölf Gäste beherbergen konnte.

Clemens kuschelte sich im wahrsten Sinne des Wortes in seinem neuen gemütlichen Urlaubsdomizil behaglich ein. Er war, derzeit zusammen mit einem älteren Ehepaar, das insgesamt für knapp drei Monate auf dieser kleinen Finca mehr oder weniger überwinterte, die nächsten Tage der einzige Gast. Am Abend gab es dann für alle ein hervorragend zubereitetes mallorquinisches Abendmahl und einen klasse Landwein, den eigenen ausgereiften vom Fass, in einer netten, gemütlichen und wiederum im wahrsten Sinne des Wortes ansprechenden Runde. Mit Menschen, die sie der Zufall nicht besser hätte zusammenwürfeln können: sein „Chauffeur" Jaume, Cousin von Juana aus dem Albergo im kleinen Dorf am Rande der Tramuntana-Berge, seine sympathische (und – vollkommen unchauvinistisch – auch äußerst attraktive) Frau Marisol, gleichzeitig begnadete Köchin, und einer entfernt verwandten Cousine, Margalida, die mit ihrem Mann Jordi einerseits tatkräftig auf dem Bauernhof bzw. den Ländereien drumherum mithalf, und beide darüber hinaus im nächsten größeren Städtchen einen Obst-, Gemüse-, Brot- und Delikatessengeschäft an bestimmten Tagen der Woche stundenweise öffneten und das eigens Geerntete und Produzierte in ihrer gemeinsamen Landwirtschaft dort zugleich ökologisch und ökonomisch feilboten und verkauften.

Das hörte sich so alles voll und ganz nach Clemens' Geschmack an, zumal er das Gleiche auch auf der Finca morgens und abends frisch geerntet oder noch frischer zubereitet zu essen und zu trinken bekam. Es wurde eine unendliche Sammlung von Delikatem, was alles auf der Finca angebaut wurde – inklusive auch der eingelegten Ingredienzien aus eigenem Anbau, die es zu den Essenszeiten und zwischendrin, wer wollte, ebenfalls zu genießen gab.

Ja, und dann gehörte derzeit, quasi zur Familie, das Ehepaar Elisabeth und Erwin, die Clemens mit ihrem Wissen aufgrund regelmäßiger, über Jahrzehnte hinweg gelebter Aufenthalte auf der Insel so viel an Sehens- und Erlebenswertem wussten, dass er locker über Monate hinweg keine Langeweile – und noch mehr: auch keinen Stress – hätte schieben müssen.

Am nächsten Tag machte sich Clemens nach einem ausgiebigen Frühstück in aller geschmeidigen Gelassenheit auf den Weg, die nähere bis leicht entfernte Umgebung seines neuen Urlaubsdomizils zu erkunden, mehr noch, zu erleben. Per pedes, wie er genugtuend erkannte, nicht per pedales, wie er sich kurz geringschätzig zurückerinnern musste. Er bekam eine perfekte Wegbeschreibung von Margalida, die ein wunderbares Frühstück mit selbstgebackenem Brot und Kuchenstücken, mit Finca-Marmelade und -Honig, mit eigenem Käse und Obst hinzauberte. Ihre in Worten und Skizzen ausgedrückte Wanderkarte war für ihn sehr hilfreich, denn auf den unbewohnten Ländereien endeten viele Wege plötzlich im Nichts; nicht ganz, doch auf einem ummauerten Feld oder auf einer von Macchiagebüsch umgebenen Wiese verlieren sie sich hier oft. Sein Weg führte ihn zu einer in früheren Zeiten mal ansehnlichen Klosterfestung auf einem Hügel, die von der Finca aus noch gar nicht zu sehen war. Zunächst durchquerte er zügigen Schrittes das Land, das die vier Finca-Besitzer, bei denen er eine wirklich ganz herzliche Gastfreundschaft genoss, bewirtschaften. Artischocken- und Kartoffelfelder wechselten mit saftigen, frisch begrünten Wiesen und Weiden, auf denen Schafe und munter herumspringende Lämmer weideten, noch unmittelbar an der Finca angrenzend stand eine ansehnliche Kuhherde gut im Futter, die einzelnen Teilnehmer wurden gerade von Jaume auf noch traditionelle Weise gemolken, die Milch kam frisch in die Küche. Dann schritt Clemens locker kilometerlang an Steinmauern entlang, hinter denen teilweise noch unbestellte Äcker atmeten, in denen die Krume in leuchtender rotbrauner Farbe im Sonnenlicht ruhte, auf anderen wiederum wiegte sich der noch hellgrüne und klebrige Weizen im durchaus zügigen Wind. Nahtlos träumten unzählige Mandelbäume, deren höchste Blütezeit sich bereits dem Ende zuneigte, in weißen und gelben Margaritenfeldern, und auch die krüppeligen Olivenbäume fehlten nicht, wie sie mit ihren silbriggrünen Blättern blinzelten und winkten, ansonsten sich aber stoisch sonnten.

Clemens setzte sich in eine Wiese, angelehnt an einen groben Blocksteinpfosten, der ein windschiefes Holzgatter nur noch notdürftig in den Angeln hielt, und lauschte einer Nachtigall, die unermüdlich trotz der späteren Vormittagsstunde ihre zwitschernden Arien anstimmte. Er vesperte aus seinem gut gefüllten Rucksack, den er unbedingt mitnehmen musste – frisches Brot, ein würziges Stück Käse, Oliven und Tomaten; ein Mandel-Nuss-Müsli in Milch und Zitronensaft, Apfelsinen, Mandarinen, Äpfel darin, ebenfalls alles liebevoll von Margalida eingepackt; mit allem, was die Finca und das Land so hergaben. Wer ihn gesehen hätte, musste erkennen, ihm ging es gut – im Vergleich zu vorgestern ein Unterschied wie Tag und Nacht.

Dann sah er die Kette von Hügeln vor sich, einer davon, der höchste mit der Klosterruine. Zunächst begleiteten ihn noch Apfelsinen-, Mandarinen- und Zitronenbäume, mit dem Phänomen, dass sie sowohl reife Früchte trugen als auch ganz zart zu blühen anfingen, danach kamen Feigenbäume, eine Wiese voll in gelber Kleeblüte, hin und wieder ein frischer blassroter Mohntupfer darin. Beim Anstieg wurde es waldiger, hochragende Korkeichen und Johannisbrotbäume spendeten Schatten, später blühten ihn der Ginster und andere stachelige Macchia-Sträucher an, wilder Salbei und Rosmarin streckten sich der Frühlingssonne entgegen. Natur pur – Clemens war im Einklang mit ihr. Er fühlte sich nicht als Störenfried, sondern als gerngesehener Gast in ihr. Er hatte Zeit und Muße, das Leben um ihn herum zu beobachten, hunderten von Bienen auf ihren fleißigen Flugwegen und Landungen auf Blüten zuzuhören, fand wunderschöne Motive, die lohnenswert waren, dass sie von ihm fotografiert wurden. Clemens hatte das durchgeatmete Gefühl, jetzt und hier im Hier und Jetzt auf der Insel endlich angekommen zu sein.

Auch am Kloster kam er irgendwann an. Das einzige noch erhaltene Gebäude, die Kirche, blieb ihm allerdings verschlossen, so wie es ihm auf der Finca bereits prophezeit wurde – für die meist älteren Bewohner im Dorf weiter unten und noch weiter hinten war es für ein Gebet dem Himmel näher zu anstrengend, lediglich an hohen Festtagen gab es noch Wallfahrten, eigentlich Wallgänge, dort hoch, an denen sich auch die Kirchenpforte öffnete. Am Kloster selbst, an den Zellen der Mönche und dem Refektorium mit allen Nebengebäuden hatte der Zahn der Zeit so arg genagt, dass nur die Phantasie aus den Ruinen noch ein komplettes Bild der Festung konstruieren konnte. Dafür wurde Clemens mit einem fantastischen Blick auf das im Sonnenlicht glitzernde Meer am Horizont entlohnt, gleich davor leuchtete ein weiß-gelbliches Band von Sandstrand und noch ein Stück weiter inseleinwärts wellten sich Dünen in harmonischen Wölbungen entlang.

Hier wollte Clemens ewig weilen. Doch das bereits am Morgen verbal vorgestellte Abendessen lockte ihn dann doch zur Rückkehr auf die Finca. Mit der gleichen Muße und Innigkeit trat er den Weg zurück in seine Herberge an. Am späteren Nachmittag, bei einem Glas göttlichen Landwein aus den eigenen Fässern des Landguts im verwunschenen Garten des Innenhofs, die Hähne und Hühner krähten und gackerten zwischen den Stühlen und Tischen, die Reben dahinter standen ellenweit im ersten zaghaften Grün Spalier, aus der Küche kamen bereits die verführerischen Düfte eine köstlichen Mahls herübergeweht ... für Clemens, seine heute gesammelten Impressionen auf einer ewig langen Perlenkette auffädelnd, klang rückblickend ein traumhaft-wunderbarer Tag aus, bis der Abend dann sein dunkelblaues Licht ins Innere der Finca goss und Marisol zum gedeckten Tisch in die gemütliche und geräumige Küche bat.

Der zweite Tag nach der Ära Eins seines Mallorca-Aufenthalts erlebte Clemens als Abbild seines ersten Tages in der Ära Zwei. Es ergab sich am Abend vorher in gemütlicher Runde bei Wein und salzigem Mandelgebäck, auch dieses aus eigener Finca-Ernte und -Produktion, als Messer und Gabel zusammen mit ratzeputz leergegessenen Tellern und Schüsseln längst wieder im Geschirrspüler – Tribut an moderne Zeiten, die auch auf einem mallorquinischen Bauernhof an bestimmten Stellen Eingang gefunden hatten – verschwunden waren, dass das Fahrrad zu einem Gesprächsthema wurde. Elisabeth und Erwin, die beiden Langzeit-Gäste, machten den Vorschlag, eine gemütliche Radrundfahrt im engeren Umkreis der Finca zu unternehmen – fernab von allem Kilometerjagen und Tempomachen, pedalflanierend durch die Landschaft, die Clemens ja bereits zu Fuß erobert hatte, über schmale, kaum von Autos befahrene Sträßchen und Wege, auf denen sie allerhöchstens mal einem Traktor oder sonst einem landwirtschaftlichen Nutzfahrzeug ausweichen mussten, einmal sogar eine längere Pause einlegen durften, weil sie von einer Schafherde weich eingewickelt wurden, und auch ein anderes Mal abrupt abbremsen mussten, weil eine Katze, Gott sei Dank nicht schwarz und auch nicht von links nach rechts laufend, ausgerechnet in dem Augenblick die Straße überqueren wollte, als die Drei in ein Gespräch vertieft, entsprechend in lässiger Geschwindigkeit moderat etwas unachtsam dahinradelten (es gab sich ja schließlich so manches zu sagen und noch mehr gab es in alle Himmelsrichtungen in nah und fern zu schauen), weiter aah- und ooh-bewundernd durch Dörfer und kleine Städtchen abseits der Radverrückten- und sonstigen Touristenströme, letztere in dieser Jahreszeit sowieso noch nicht sehr ausgeprägt, wandelten, andächtig in den Kirchen und Kathedralen an ihren Wegen verweilten, einkehrend und ausruhend in einer der von Einheimischen frequentierten Bars oder Forns, den Backstuben mit zwei, drei Tischen, an denen das köstliche Angebot an Ensaïmadas et al. noch warm zum heißen Kaffee mitgenossen werden konnte, auftankten.

So radelte Clemens mit seinen zwei Begleitern durch den südlichen Teil der Insel, ohne auch nur einen Augenblick das Gefühl zu haben, rödeln, geschweige denn, röcheln zu müssen. Morgens, nach dem Frühstück, nahm sie Jordi mit ins Städtchen, weil Markttag war und er zusammen mit Margalida an ihrem kleinen Marktstand ihr Obst, Gemüse, Olivenöl, Honig, Marmelade und andere delikaten Sachen anbot. Die drei Radwanderer in spe ließen sich zunächst vom bunten und wuseligen, vielfältigen Markttreiben inspirieren – über einen Markt auf dem Platz vor der Kirche und in allen kleinen Gassen im Mittelpunkt des Städtchens –, da gab es nichts, was es nicht gibt, bis sie dann dank der organisierten Vorbestellung von Jaume ihre Räder in einem Fahrradladen mit Werkstatt im Empfang nehmen konnten. Alles kein Problem, sie konnten mit dem Rad am Abend wieder auf die Finca fahren, Jaume würde sie ja am nächsten Morgen mit seinem Pick-up zurückbringen. Und so rollten sie am späteren Nachmittag nach einer wunderschönen Genuss-Tour, auf der wirklich alle Sinne aufs Feinste angesprochen wurden, wieder gemächlich auf dem einsamen Landgut ein.

Am nächsten Tag hatte Clemens nochmals Lust und Laune, sich in den Sattel zu schwingen. Auch kein Problem, dann wird das Rad halt erst zurückgebracht, wenns nicht mehr gebraucht wird. Er fuhr alleine los – die beiden anderen hatten Muskelkater und fanden eine weitere Tour zu viel des Guten –, er wollte unbedingt ans Meer. So radelte er zu einem der schönsten Strände der Insel, zunächst durch die Dünenlandschaft, an Salinen und Salzbergen vorbei – die Insel bot ihm heute ein ganz anderes Bild als am Tag zuvor, mit ganz anderen Reizen und Impressionen. Aber auch für ihn selbst wurde es ein anderes Fahren: Ein durchaus heftiger Wind pfiff vom Meer herüber, er jagte die Wolken über einen hellblauen Himmel und er blies auch ihn – immer wieder ziemlich abrupt – manchmal fast vom Fahrrad. Ja, im März bietet das Wetter auf Mallorca durchaus Unberechenbares.

Clemens schloss sein Fahrrad an einem Mast ab und machte sich auf den Weg, den fünf, sechs Kilometer langen, fast karibisch anmutenden Sandstrand bis ans andere Ende abzulaufen. Er war fast alleine, es war wirklich noch keine Strandsaison, noch niemand lag im Sand, geschweige denn, es wagte jemand den Schritt oder Sprung ins Wasser. Ihm begegneten einige Leute meist mit Hund, die das gleiche taten wie er: lockeren Schrittes durch den feinen weißen lockeren Sand zu laufen. In die Fußstapfen einiger Jogger, die das Laufen am Strand mehr aus sportlicher Sicht betrachteten, wollte er jedoch nicht treten. Am anderen Ende betrat er vom Charakter her einen Touristenort, doch alles wirkte noch verschlafen und unbelebt – jetzt außerhalb der Saison kamen ihm die Wohnanlagen ein wenig gespenstisch vor. Er fand dennoch eine kleine Bar, vor der er unbedingt seinen Kaffee trinken konnte, doch schon bald machte er sich wieder auf den Rückweg ans eine Ende, dort, wo sein Fahrrad auf ihn wartete: Er auf dem schmalen Band des Strandes, links wölbten sich die Dünen in die Höhe, rechts stürmten die Wellen ungestüm ans Land, bis zum Horizont nichts als Wasser und dann die schmale Trennungslinie zwischen Meer und Himmel, das dunklere Blau unten wurde vom nur leicht helleren Blau oben abgelöst. Und über allem, unter dem er sich bewegte, zogen die Möwen kreischend ihre Flugbahnen, bevor sie sich für eine kurze Pause im Sand ausruhten, um dann wieder, vom Wind getragen, übers Meer hinaus zu gleiten.

Die Rückradelei konnte Clemens ganz entspannt angehen (besser gesagt: anfahren) – die meiste Zeit blies ihm der Wind von hinten in Fahrt und er ließ oft genug sein Rad einfach rollen – gespannt, doch nicht angespannt, war er einzig auf die Küche des vor ihm liegenden Abends. Er wurde beileibe und beiseele nicht enttäuscht. Diesen Abend gab es einen deftigen Gemüseeintopf mit Reis, und zum Abschluss eine Käseplatte, die sich fast durchbog – mit Käse aus ihrer eigenen Zucht, aber auch von befreundeten Landwirten auf der Insel. Käse, deren Variationen er gar nicht aussprechen, denn behalten konnte. So gut wie alle hatten einen mallorquinischen Namen, und die meisten davon endeten mit den beiden Buchstaben „...tx", das wie „...ttsch" ausgesprochen wurde. Für Clemens hieß es damit am Ende seiner Reise, als er wieder am Flughafen daheim gelandet war, zusammenhängend betrachtet ein wenig dialektisch: „Von Mallefix zum Mallefitx". Und damit hatte er die ganze Bandbreite seines Urlaubs in vier Worten umrissen. Ach ja, das Probieren und Durchkosten all dieser Käse an jenem Abend, gut durchtränkt mit edlem Wein, wurde zum Festival für Gaumen, Leib und Seele.

Zwei Tage blieben Clemens noch – und die konnte er zurückblickend als Urlaub pur in seinem Gedankenerinnerungsgut mit nach Hause nehmen. Am letzten Tag seines Aufenthaltes hieß es dann gleich morgens zusammenpacken, ein letztes ausgiebiges Frühstück, das nochmals rein gar nichts zu wünschen übrigließ, machte den Abschied ziemlich schwer ... und dann musste er sich auch schon auf den Weg zum Flughafen machen – was allerdings nicht ganz richtig ausgedrückt ist: Jaume und Marisol nahmen ihn mit auf ihrem Weg in die Serra de Tramuntana, auf dem sie nach ihren geschäftlichen Begegnungen am Ende des Tages auch Juana besuchen wollten. Und dabei verabschiedeten sie sich nach einem Schlenker zum Flughafen von Palma nicht endenwollend voneinander. Dieses Angebot, diese Geste, von ihnen mitgenommen zu werden, gab ihm den Impuls, für Juana einen kleinen Grußbrief des Dankes zu schreiben, den Jaume zusammen mit einem selbst gepflückten Blumenstrauß seiner Tante überreichen sollte. Wahrscheinlich hatte das dann Marisol getan.

Die zwei Tage zuvor gab es für ihn noch eine Aneinanderreihung von Stelldicheins – zum einen mit der Natur, die sich auf der Insel im schönsten Frühlingskleid zeigte und zum anderen mit der Muße und Muse, die sich nun vollends in ihm einnistete und gar nicht mehr loslassen wollte. Am ersten seiner beiden Muse- und Mußetage bot es sich förmlich an, dass er mit Jordi und Margalida, die eh die ausgeliehenen Fahrräder zurückbringen wollten, ins Städtchen fuhr. Und damit blieb er fast den ganzen Vormittag in ihrem appetitanregenden Lebensmittelladen – nach deutschen Maßstäben hätte er als alternativer Bio-Laden durchgehen können –, den die beiden bis mittags offen hatten. Clemens konnte sich gar nicht genug satt sehen, am liebsten hätte er das Angebot in dem schnuckeligen Geschäft komplett leer gekauft – doch wie sollte er damit in den Flieger kommen? Dafür half er Margalida beim dolmetschenden Verkaufen, wenn die durchaus zahlreiche deutsche Kundschaft – Residenten, Überwinterer, Alternativurlauber, die außerhalb der Saison auf die Insel kamen, und eine rüstige Senioren-Wandergruppe, die sich, so schien es, für eine mehrwöchige Expeditionstour eindeckten – ihre Wünsche äußerte, Fragen hatte und dies und das über Herkunft, Anbau oder Zubereitung des angebotenen Obstes und Gemüse wissen wollten. Als wäre er der geborene Verkäufer, preiste Clemens die Produkte in höchsten Lobeshymnen an – Jordi und Margalida wussten gar nicht, wie ihnen geschah, die meisten Kunden gingen vollbepackt wieder von dannen, gewiss mit mehr, als sie vorhatten, einzukaufen. Die wunderschöne uralte Kasse mit der Handkurbel zum Öffnen klingelte fast ununterbrochen. Das Ende vom Lied seines überzeugenden Verkaufstalents war, dass die Körbe, in denen alles allein schon fürs Auge appetitlich aufbewahrt wurde, mit den Tomaten, die hier auch um die Jahreszeit richtig nach Tomaten schmecken, neu aufgefüllt werden mussten, die Kartoffeln von den eigenen Feldern, die so richtig erdig mundeten, ebenfalls, und die auf der Finca gezogenen Blumenköhler waren schlichtweg ausverkauft.

Ob er nicht dableiben will, um täglich den Laden zu führen, wurde er von dem jungen Paar gefragt, dann könnten sie Jaume und Marisol auf der Finca noch mehr unter die Arme greifen. Und als begeisterter Hobbykoch, wie sich in seinen Verkaufsgesprächen herausstellte, konnten er so manche ungewöhnliche Rezeptidee oder einige spannende Zubereitungs- und Garnierungsvorschläge anbringen. Damit war klar – Widerspruch zwecklos –, dass Clemens am letzten Abend vor seiner Abreise zum Küchenpatron auf der Finca verpflichtet wurde.

Mittags wurde dann der Laden geschlossen, und Clemens erkundete in der kundigen Begleitung der beiden Mallorquiner, die in die Rolle als Stadtführer schlüpften, das kleine Städtchen. Sie bummelten durch die engen, winkligen Gassen und über die ausladenden Plätze – ein immer faszinierender Kontrast in den urtümlich erhaltenen Orten auf der Insel. Auf dem schönsten, mit Palmen und Apfelsinenbäumen umsäumten Platz – Bitterorangen, wie Jordi beiläufig erwähnte – aßen sie eine Komposition von typisch mallorquinischen Tapas und gönnten sich dabei – nach dem heutigen Geschäftserfolg – ein Glas Wein, auch einen mallorquinischen, der in der Gegend von jungen, engagierten Winzern vor wenigen Jahren wieder neu angebaut und veredelt wird.

Am Nachmittag fuhren sie glücklich zurück zur Finca ... doch sein Vorhaben, sich entspannt in die Hängematte, die im Garten unter einigen noch zaghaft blühenden Herzbäumen, die Marisol auch gern Liebesbäume nannte, dümpelte, hineinzubaumeln, konnte Clemens knicken. Er wurde gleich schon in die Küche gebeten, um mit Marisol zusammen den Gourmetteil für den Abend vorzubereiten. Es wurde eine mallorquinisch-badische Menüfolge in perfekt abgestimmter, harmonischer Esskultur zwischen zwei regional ganz unterschiedlichen Küchen, obwohl die beiden

Kochkünstler immer wieder auch Übereinstimmungen von Ingredienzien und Zubereitungen entdeckten. So musste Clemens seinen schaukelnden Aufenthalt in der Hängematte auf den folgenden Tag verschieben – was ihm dann gelang, wenn auch nur im zeitlich begrenzten Rahmen.

Denn er wurde gleich morgens von Jaume eingeladen, mit ihm auf dem Traktor an einer Rundfahrt durch und über die gesamte Landwirtschaft der Finca teilzunehmen. Es wurde eine traumhafte Reise für ihn. Jaume machte lediglich eine Art Inspektionsfahrt; dabei hielt sich für dieses Mal die Arbeit auf dem Feld im geschmeidigen Rahmen. Clemens fuhr als Beisitzer durch die gnadenlos schöne Landschaft, die er ja schon von seinen zu Fuß und zu Rad erkundeten Wanderungen teilweise kannte, und bekam dabei noch ganz neue Blickwinkel zu sehen, die ihn hin- und herrissen. Die Sonne warf unter einem weiten leuchtenden Himmel ihr Licht über die Insel, auf eine Insel ohne Zeit und ohne Grenzen, in einem Frühling, als gehörten die Natur, die Farben, das Licht und der im Sonnenschein flimmernde Blütenstaub ganz alleine ihm – als würde er die ganze Insel umarmen wollen.

Und dann kam es am Ende dieser gemütlichen Reise noch zu einer Begegnung, die ihn fast vom Hocker riss, vom eh schon der Konstruktion her wackligen Sitz auf dem Traktor. Jaume führte Clemens in ein wildes Macchiagestrüpp am Rande des anderen Endes seiner Felder. Und da gab es dann doch noch etwas zu tun für die beiden – allerdings etwas durchaus sehr Angenehmes und Bereicherndes: Sie ernteten den wilden, grünen Spargel, der in dieser Form so gut wie einzig auf den balearischen Inseln wächst. Im dichten und recht dornigen Unterholz ragten sie üppig heraus, die begehrten grünen Stängel mit ihren ausgefransten Köpfen. Vorsichtig brachen die beiden dieses köstliche Gewächs der Länge nach ab ... und es dauerte nicht lange, dann hatten die beiden die Ladefläche hinten am Traktor voll mit göttlichem Spargel.

Damit war klar, dass Clemens für den Abend ein Gericht aus mallorquinischem Spargel nach badischer Küche zaubern durfte – eine sicherlich außergewöhnliche Form international grenzenlosen Zusammenwirkens. Und ebenso klar war, dass alle vier auf der Finca Lebenden, zusammen mit den beiden Langzeitgästen aus Deutschland ihm über die Schulter schauten; und das über die ganze zubereitende Zeit, die er benötigte. Das anschließende gemeinsame Essen am wunderschön gedeckten Tisch und seine bewunderten Kochkünste setzten mehr oder weniger den glanzvollen Schlusspunkt von Clemens' Urlaubsreise auf Mallorca, die er a/ nie vergessen wird und b/ ihn garantiert auch wieder dahinführen wird – auf eine Insel, von der er letztlich am nächsten Tag wehmütig Abschied nehmen musste.

Was anfangs als Genuss-Tour gedacht zur Hammerhärte kippte, balancierte sich für Clemens dann doch noch zu einer wirklichen Genuss-Reise, einer Genuss-Tour ins Butterweiche – der reine Wahnsinn!, wie er resümmierte.

Die Ironie des Schicksals, wenn man so will: Auf der Rückfahrt zum Flughafen wurde Clemens doch nochmals mit seiner auf der Insel angefangenen Vergangenheit eingeholt – bzw. Jaume überholte sie mit seinem Pick-up: Eine Herde Verrückter, ein Tross von besessenen Radfahrern, die im Pulk zu Dritt, Viert vor ihnen auf der schmalen Straße nebeneinander dahinhetzten. Jaume konnte sie zunächst über eine längere Strecke gar nicht überholen – sein Trick: Er fuhr von hinten so dicht auf, verhielt sich ansonsten aber ganz ruhig. Das Ergebnis war, dass die radelnde Meute schon ziemlich bald auch ziemlich nervös wurde und irgendwann ganz langsam diszipliniert hintereinander herfuhren, um ihr Fahrzeug vorbeizuwinken. Jaumes Worte: Das wirkt in den meisten Fällen – geht doch! Und Marisol ergänzte lachend im deutsch-spanischen Sprachmix: Los Plagos! Sie hatten sich also selbst ausgebremst, die Asphaltcowboys der mallorquinischen Landstraßen.

(2015)

Bus Stop

Dieses Arschgesicht von Trucker lässt ihn einfach stehen. Mitten in der Wüste von Arizona. Schmeißt ihm seinen Rucksack hinterher und fährt ohne ihn weiter, dieser hirnlose Idiot. Bloß weil er dringend pinkeln musste, nach dem Bier. Dem Sixpack, das er mit dem Truckertypen seit dem letzten Tankstop auf der Fahrt hierher gesoffen hatte.

Jetzt steht Jonathan am Rand des Highways, ausgepinkelt an der verrotteten Bretterwand eines seit Jahrzehnten nicht mehr angefahrenen Bus Stops. Fluchend schaut er dem feuerfarbenen Truck nach, der am Horizont kleiner und kleiner wird. Der inzwischen dort ist, wo die Piste eine Kurve macht und hinter den Bergen verschwindet.

Drei Stunden später, die Sonne knallt gnadenlos aus einem blank geputzten Himmel, sitzt Jonathan noch immer auf seinem Rucksack. Bewegungslos, nicht mal der kleinste Hauch eines Luftzugs verspricht Abwechslung. Kein einziges Auto ist bis jetzt vorbeigekommen, weder von rechts noch von links. Unendlich weit alles um ihn herum in eine unheimliche, unbegreifliche Stille gehüllt – im Kokon einer unbarmherzigen Leblosigkeit. Einzig sein Puls trommelt ihm die gleichtönige Melodie der unbewegten Einsamkeit.

Was nun? Krisensitzung: Sein Getränkevorrat reicht für etwa vierundzwanzig Stunden, seine feste Nahrung vielleicht noch zwei Tage, wenn er bescheiden lebt.

Bescheiden leben? Hier in der Einsamkeit, weit und breit kein Mensch, kein Tier, kein Haus – Sand, nur Sand. Vereinzelt ein paar ungelenk herumstehende Kakteen, Meilen weiter, dem Sonnenstand nach südwestlich, eine Bergsilhouette; es sieht so aus, als stünden dort auch Bäume. Jonathan wollte nach L. A., und dieser Arsch von Trucker nahm ihn mit. Bis Phoenix, nickte er zustimmend, kein Problem. Es kam anders, Scheißbier! Bloß, weil sie über das Idealbild einer Frau unterschiedlicher Auffassung waren und mit den Promille im Kopf darüber in Streit gerieten, nutzte dieser Scheißkerl die Gelegenheit und ließ ihn hier allein, mit sich und der Welt.

Angefangen hatte der Zoff mit den Haaren, ob sie blond sein müssen oder auch dunkel sein dürfen. So richtig hochgeschaukelt, schießt Jonathan durch den Kopf, hatte es sich bei der Frage, wo eine Frau hingehört: an Herd, Waschmaschine und Staubsauger? Oder steht ihr auch ein Job zu, nicht nur als Verkäuferin, auch in der Forschung oder Wissenschaft beispielsweise? Die Schlägerei war vorprogrammiert, zumindest als verbaler Schlagabtausch, bei dem die Fetzen nur so flogen. Es entbehrt jedoch nicht einer gewissen Komik, dass Jonathan ausgerechnet nach seiner Bemerkung „aber alleine auf Klo gehen darf sie schon noch?" vor die Türe, die Beifahrertüre gesetzt wurde. Wobei ... ?! Er ging ja noch freiwillig aus dem inzwischen ungemütlich gewordenen Cockpit des Trucks. Doch dass sein Rucksack wenig später hinter ihm herflog, das war so nicht unbedingt vorauszusehen.

O. k., der Sack fuhr ohne ihn weiter, als Jonathan gerade dabei war, seinen Strahl durch ein Astloch zu zielen. Im leicht schwankenden Zustand gar nicht so einfach, kommt ihm gerade in Erinnerung.

Die moderne Version des Wilden Westens, fantasiert er, eine Art Faustrecht, ohne den geringsten Faustpfand in Händen zu haben. In seiner jetzigen Lage konnte Jonathan nicht ausmachen, wozu sein limbisches System noch fähig ist. Sind seine Gefühle, die er im alkoholisierten Zustand produziert, andere, als wenn er nüchtern wäre? Ist nüchtern betrachtet, ein alkoholfreies Schicksal ein anderes als ein betrunken erlebtes? Gibt es überhaupt einen Unterschied? Wenn ja, welchen? So kommt Jonathan nicht weiter mit sich, und auf seinem Weg.

Jetzt also Krisensitzung! Krisensitzung heißt, nach vorne denken. Und schon wieder belasten ihn Fragen: Wo ist vorne? Den Highway zu Fuß weiter? Rechts in die Wüste? Links in die Wüste? Auf dem Asphalt zurück? Zurück, so versucht Jonathan einzuschätzen, sind es bis zum nächsten Haus, mehr eine fast schon verfallene Hütte, locker zwanzig Meilen. Tja, und nach vorne? Was wird wohl da auf ihn zukommen?

Vorne, südwestlich gibt es Berge und Bäume, wenn die ihm nicht so was wie eine Fata Morgana vorgaukeln. Bergkämme, die am Himmel kratzen. Bäume, die krummbeinig im versteinerten Windschatten hocken. Das heißt vielleicht Wasser, vielleicht eine Hütte mit Leben oder eine Farm, vielleicht auch nichts. Risiko! Hier auf ein nächstes Auto zu warten, kann bis zum Verdursten dauern. In Richtung der Bäume loszumarschieren, führt am Ende auch nicht weiter. Und weiterhin auf dem Rucksack zu hocken, um die Stille einzuatmen, macht auf Dauer auch keinen Sinn. Jonathan dreht sich im Kreis, gedanklich, und jetzt auch mit seinen Füßen. Er schießt wütend einige Steine, die zweifellos schon seit Jahren hier am Straßenrand im Staub vor sich hindösen, in die Prärie.

Sein Blick folgt den Steinen, wie sie durch den harten Sand rollen und holpern; über dieses Stück Seitenstreifen, der vom Fahrtwind der Autos – welchen Fahrtwind, welche Autos? – glattgefegt ist. Dahinter wird der Sand weicher; Tage, Wochen, Monate ohne Wind, ohne Regen, tagsüber nur die sengende Sonne, nachts das Millionenheer von Sternen. Einer seiner wutentbrannt geschossenen Steine bleibt vielleicht zwölf, fünfzehn Meter weiter in einer Unebenheit liegen. In einer Sandkuhle, einer ovalförmigen. Oval? Jonathan verlässt seine Kreise und geht näher ran. Strukturierte Vertiefungen, menschliche Spuren! Ein Profil? Ein Schuhabdruck? Ähnlich dem, den seine derben Trekkingsohlen hinterlassen? Jonathan ist sich sicher: An diese Stelle hat er noch keinen Schritt gesetzt, bis dahin führten ihn seine Kreise nicht! Da, der nächste Abdruck, und noch einer, und immer mehr. In unterschiedlichen Größen und Formen. Spuren von Schritten in der Wüste, wie seine, kreisförmig gezogen. Und an einer Stelle mit

Ausgang Richtung Südwesten, weiter in die Wüste hinein, in Richtung der Berge und Bäume. Spuren anderer.

Ein kurzer Augenblick, an dem Jonathan alles auf einmal, durcheinander, kreuz und quer und dann wieder wie eine ausgepresste Zitrone mit leerem Kopf gar nichts denkt ... am Ende übereinandergeschichtete tektonische Verwerfungen, die seinem Schädel eine neue Perspektive eröffnen.

Die Entscheidung ist gefallen. Jonathan schnappt seinen Rucksack, nimmt noch einen kräftigen Schluck aus der Flasche und folgt den Spuren. Wenn er es richtig sieht, sind es zwei verschiedene Sohlenprofile, die beide der gleichen Richtung folgen, stur der genau so sturen Sonne entgegen. Einer Sonne, die am streng polierten Himmel unbekümmert ihre Bahn zieht. Ein harter Trip für ihn, inzwischen ist früher Nachmittag, die Sonne kennt weiterhin kein Erbarmen, die Erde trocken und staubig, Schritt für Schritt. Immer wieder ein kurzer Halt, einzig, um einen Schluck Wasser aus seiner Thermosflasche zu nehmen; inzwischen ist der Inhalt schon um etliches wärmer geworden, trotz isolierter Wandung. Als ob das Wasser mit ihm um die Wette schwitzen will. Und: Sind es wirklich Berge, die sich weit hinten aufbauen? Näher, so hadert Jonathan, kommen sie jedenfalls nicht. Links, rechts, vor ihm, hinter ihm schweigender Sand, einzig die Spuren geben ihm Hoffnung, zeigen ihm einen gangbaren Weg, halten ihn auf den Beinen.

Irgendwann dann geht die Sonne unter, rasend schnell. Wie ein nasser Sack fällt sie hinter den Horizont, verschwindet spurlos im Nichts. Nein, ein Nichts ist es nicht, hinter dem sich der glutrote Ball verkriecht. Eindeutig Berge, die vor dem immer schwächer leuchtenden Horizont schärfere Konturen annehmen, nimmt Jonathan zwar erschöpft und doch ermutigend zur Kenntnis, ohne dass er jedoch glaubt, ihnen spürbar näher gekommen zu sein. Der Tag hat aufgehört, im geordneten Takt, für Jonathan Schritt für Schritt zu vergehen; die Nacht hat sich vertikal und horizontal, hat sich zeitlos im tiefen Raum ausgedehnt.

In der Tiefe eines Raumes, die alles schluckt, die sich in schmerzhafter Lähmung auf den trockenen Wüstensand ausbreitet. Tief der Himmel und dennoch unendlich hoch, pulsierend wabern Leuchtflecken, Lichtschlieren und -bahnen, Lichtkugeln in einer dichten, bleischwarzen Kuppel. Die Milchstraße, der Große und der Kleine Wagen, Kassiopeia, mehr erkennt Jonathan nicht da oben. Mehr kennt er auch nicht, wozu auch?! Doch, vielleicht noch den Krebs, weil es sein Sternbild ist, nur, ihn sieht er hier über dieser Wüste nicht.

Es ist schon lange nach Mitternacht, empfindlich kühl ist es inzwischen. Jonathan zwingt sich, weiterzulaufen, bedächtig einen Schritt vor den anderen zu setzen, immer weiter den gut sichtbaren Spuren zu folgen. Dankbar, dass ihm der fast volle Mond mit seiner ganzen Evidenz den Weg zeigt. Jetzt nur ja nicht ausruhen, nicht hinsetzen und womöglich einschlafen – in diese Falle wird er nicht tappen, hier in der kahlen Wildnis, einer öden, schweigenden Wüste.

Dann, mit einem Mal klar erkennbar: erste Steinformationen. Der Ansatz der Bergsilhouette, die sich gewaltig vor Jonathan aufbaut; endlich verändert sich die Landschaft. Bleiche Felsen im kalten Mondlicht, die sich dann doch urplötzlich aus der Tiefe der Wüste auftürmen und bizarre Schatten werfen. In übermenschlicher Höhe bauen sie sich drohend vor Jonathan auf. Gespenstig ragen einige Baumgruppen in den nächtlichen Himmel, zu identifizieren sind die langen Krummbeiner im Dunkeln nicht. In einem anderen Zustand, in einer entspannteren Situation würde er sie bestaunen. Exotische Bäume, Nadelhölzer, hoch aufgewachsen, rank und schlank, wenn auch gebeugt; die Äste zu einem seltsamen Dach zusammengeschweißt. Keine Ahnung, wie sie heißen, verdrängt er die fragenden Gedanken daran; einzig der frische, mentholartige Geruch belebt seinen Geist ein wenig. Zwischendrin mal befreit durchatmen, das setzt neue Kräfte frei.

Den Blick auf den Boden gerichtet, latscht Jonathan immer weiter den Spuren nach. Die ihn vorwärts führen, jetzt in Schlangenlinien, zwischen den glatten, wuchtig aufragenden Felsbrocken mal nach rechts abbiegend, dann wieder links dahinter verschwindend, immer noch im Wüstensand, den der ewige Wind durch alle Ritzen und Lücken fegt. Der Rucksack zurrt immer stärker an seinen Schultern, der Nacken schmerzt bei jeder noch so kleinen Kopfbewegung. Doch weiter muss er: Irgendwo müssen die Spuren doch hinführen?! Im schlimmsten Fall auch enden, daran will er aber gar nicht erst denken. Dafür sind sie auch noch zu gut erhalten, als dass sie abrupt im Nichts enden, oder er am Ende auf ein Jenseits stößt, das schon andere vor ihm erlebt haben. Schon zynisch, was für Gedanken kommen, nach solch einem beschissenen Tag, dem jetzt eine ungewisse Nacht folgt. Es ist eine trotz Mond tiefdunkle Nacht hier in den Schluchten, die, Jonathan spürt es, ebenfalls vom Wind gefurcht sind, doch jetzt gerahmt von Felsgipfeln, die sich jedoch im Gefolge der Perspektive im Nichts verlieren, sich mit dem Schwarz des Himmels zu einem Bild verschmelzen.

Langsam wird es heller, leicht rötlich erscheint zwischen den Felsen der Himmel. Jonathan blickt zum Mond vor ihm, ist irritiert. Wenn er die Mondbahn richtig verfolgt hat, müsste der Planet jetzt im Westen stehen, dort kann aber keine Sonne aufgehen. Hinter ihm, im Osten bleibt der Horizont dunkel. Irgendwas stimmt da nicht. Ganz langsam, fast schleichend bewegt sich Jonathan von Fels zu Fels vor, um vorsichtig um die nächste Ecke zu schauen. Und dann blendet ihn plötzlich der grelle Schein einer Taschenlampe ...

Der Rest ist schnell erzählt. Zwei Männer sitzen um ein kleines Feuer in einer Felsnische und trinken Tee. Aus selbstgepflückten Blättern der Bäume, mit Wasser aus einem Rinnsal, das aus einem der Felsen sprudelt, in einem

Blechnapf, der irgendwie provisorisch über dem Feuer baumelt, heiß gemacht. Mit Jonathan sind es jetzt drei. Einer ist seit fünf Tagen und fünf Nächten an diesem Ort, sichtlich mitgenommen und dennoch erstaunlich gut beieinander. Der andere leistet ihm seit drei Tagen und jetzt in der dritten Nacht Gesellschaft. Und nun kommt Jonathan dazu, Gesetz der Serie.

Drei Männer, das muss reichen. Diese Nacht und einen Tag noch, auch das sollte reichen, wenn sie ihre Vorräte an Essbarem betrachten. Bis morgen Mittag auf jeden Fall. Nach ihrer Berechnung wird um diese Zeit dieser Arsch von Trucker an dieser versifften Pinkelstation kurz anhalten, um sich eines weiteren Trampers, mit dem er sich über das Schönheitsideal von Frauen gestritten haben dürfte, zu entledigen.

Gesetz der Serie? Es wird durchbrochen. Es wird garantiert das letzte Mal sein, dass der feuerfarbene Truck an diesem gottverlassenen Bus Stop hält. Vorher müssen die drei nur noch einen Weg finden, um ihre Spuren spurlos zu verwischen.

(2014)

Ehre, wem Ehre gebührt

Idyllisch liegt er, der kleine Ort, der seinen dörflichen Charakter noch bewahrt hat. Bis auf die wenigen Städter, die sich am Rand der Gemeinde mit ihren Einfamilienhäuschen im Laufe der letzten Jahre ansiedelten, ist es das alte Dorf mit seinen winkligen Gassen und schiefen Mauern geblieben. Doch außerhalb des Ortskerns hat es einschneidende Veränderungen gegeben: Der Verkauf von einigen Hektar Land waren manchem zu verlockend, als dass sie nicht die Gunst der damaligen Stunde nutzten. Heute sieht das anders aus, die ganze Gemeinde mit ihrer Umgebung ist zum Landschaftsschutzgebiet erklärt worden.

Den Alteingesessenen ist das recht so. Sie sind in erster Linie Weinbauern. Und der Rest ist in der Landwirtschaft tätig. Bis auf die wenigen Städter. Und bis auf einige Handwerksbetriebe und Inhaber der verbliebenen Einzelhandelsgeschäfte und natürlich den üblichen Honoratioren des Dorfes, wie Arzt, Hebamme, Notar, Pfarrer (wobei eine Konfession reicht), Gemeindevorsteher, Filialleiter der kleinen Bank, und nicht zu vergessen, der Gastwirt zum Goldenen Ochsen.

Ja, er liegt idyllisch, der kleine Ort. Am oberen Ende der Weinberge, links und rechts noch umrahmt von ordentlich angeordneten Weinstöcken, weiter dann auf der Hochebene nach Norden hin fangen die Äcker an, lange Ackerfurchen. Einige Felder mit Getreide, doch meist werden dort Kartoffeln geerntet. Der Ort ist bekannt wegen seiner guten Weine, weißer ist es. Das liegt an den Lagen, Erde und Gestein, das von der Sonne mehr als genug angestrahlt wird. Und der Ort ist bekannt wegen seiner ausgezeichneten Kartoffeln, rötliche Schale, gelbes, festes Fleisch. Ihre Stärke liegt in der Stärke und hat ebenfalls mit dem vielen Sonnenschein zu tun, der die Äcker dort oben begünstigt.

Seit dem letzten Herbst ist nun der Ort darüber hinaus wegen eines anderen Ereignisses bekannt geworden. Allerdings ist er auf die unangenehme Art in die Schlagzeilen geraten und hat die kleine Gemeinde auch prompt in zwei Lager gespalten. Hier Weinbauern, da Landwirte, früher ein Herz und eine Seele, beschuldigen sich seitdem gegenseitig. Der Grund, und das kann auch in den besten Gemeinden vorkommen, ist ein Mord. Ein bis heute nicht aufgeklärter, deshalb auch die zwei inzwischen verfeindeten Interessenslager, jeder verdächtigt den jeweils anderen, dass aus deren Reihen der Täter stammen muss. Und dass er als Einheimischer immer noch innerhalb der Gemeinde unerkannt sein Leben lebt, davon ist jeder Bewohner überzeugt. Bis auf die Sonderkommission der Kriminalpolizei in der nahegelegenen Kreisstadt, die nach allen Seiten hin fahndet, allerdings auch nichts Aufklärendes mehr zu diesem Mord beitragen kann und in Kürze wieder aufgelöst wird.

Seit Menschengedenken feiert die Gemeinde immer am zweiten Wochenende im September das Dorffest. Es ist der jährliche Höhepunkt für die Leute im Ort, zwei Tage lang Remmidemmi, wie es auf dem Lande so abläuft. Mit viel Musik, Tanz, Essen, Trinken.

Musik, die an den beiden Abenden zu einem eher unmelodischen Krach intoniert, wenn die Jugend gegen später ihre bevorzugten Musikrichtungen grölend zum Besten gibt. Mit Tanz, dessen Ausgang bei der richtigen Konstellation der jeweiligen Partner, Männlein wie Weiblein, sich vom vertikalen Vergnügen dann an mehr lauschigen Plätzen häufig zu einem horizontalen Erlebnis steigern lässt. Essen, das sich durch die vielfältigen, deftigen Kartoffelgerichte zu grundsätzlich unkontrollierbaren Fressorgien ausweitet, die Stärke der frisch geernteten Kartoffeln macht dem dann schwach werdenden Magen zwangsläufig zu schaffen. Trinken, eine milde Form des Wortes dessen, was beim Dorffest wirklich abgeht, der neue Süße, in den Mengen konsumiert, wie sie sonst das ganze Jahr über verteilt nicht zu sich genommen werden, innerhalb weniger Stunden in sich reingeschüttet, da streikt dann doch irgendwann so manche Kehle, und nicht nur die, auch der Kopf gibt allerspätestens mit Einbruch der Dunkelheit seinen Geist auf.

So gesehen kann es in dem zu späterer Stunde eingetretenen Durcheinander schon mal passieren, dass es zu Aussetzern kommt, im Extremfall auch bis hin zu einem Mord. Ohne dass derjenige, der dies im Grunde seines Herzens gar nicht vorhatte, vielleicht sogar nachträglich überhaupt nicht mehr in seiner Erinnerung abrufen kann. Seit Menschengedenken gab es bei jedem Dorffest das finale Gelage, an den Tischen vor dem Gasthof Zum Goldenen Ochsen genauso wie in heimeligen Winkeln des Ortes oder auf wiesengepolsterten Plätzen an der Peripherie. So richtig sitzen, stehen oder gehen konnte so gut wie niemand mehr; so wurde das Wort Gelage fast schon zu einem geflügelten, obwohl auch Flügel keinem mehr hätten helfen können.

Und so geschah es, dass es nach welch auch immer gearteten Räuschen, die sich am nächsten Morgen langsam wieder zu ernüchternden Erkenntnissen umwandelten, einer Person nicht mehr gelingen durfte, Erinnerungslöcher zu füllen. Dieser Mensch blieb schlichtweg übrig und liegen, bis ein etwas schneller wieder zu sich Kommender mit dem ersten Hahnenschrei entdeckte, dass die Person gar nicht mehr in der Lage dazu war. Leblos, tot, so lag sie da, daniedergestreckt, denn Blut war, wenn auch zwischenzeitlich getrocknet, zu sehen.

Es war Sonntag früh, und nachdem so langsam die ermittlungstechnische Maschinerie in die Gänge kam, wurde es Zeit für den Kirchgang. Bei dem dann der Pfarrer, auch er noch mit schwerer Zunge, von dem, was geschehen, berichtete und von der Kanzel weg das Dorffest für beendet erklärte. Das Dorf hatte eine Leiche, weiblich, gerade mal 19 Jahre jung, zu allem Überfluss stellte sich schnell heraus, dass es ausgerechnet die diesjährige Weinkönigin getroffen hatte.

Exakt 20 Jahre lang kürt die Winzergemeinschaft des Ortes ihre Weinkönigin. Natürlich aus den eigenen Reihen, aus den Familien der ortsansässigen Winzer. Dieses Mal geschah es, dass nun die Tochter eines Winzerehepaares auserchoren wurde, deren Mutter bereits Weinkönigin, und zwar die erste überhaupt in dem Ort, geworden ist. Müßig darüber zu spekulieren, ob dabei alles mit rechten Dingen zugegangen ist. Unumstößliche Tatsache jedoch ist, dass üblicherweise eine Weinkönigin neben einer gewissen fachlichen Qualifikation zur Rebe auch eine einigermaßen optisch ansprechende Erscheinung sein sollte. Nicht immer einfach, jedes Jahr aufs Neue in einer sehr überschaubaren Gemeinde diese Kriterien zu erfüllen. Doch herausgeputzt und mit dem entsprechenden Krönchen im lockigen Haar versehen, entsprachen dann die jeweils gekürten Weinkö-niginnen zumindest den Mindestanforderungen an wohl-wollendem Aussehen. Meist gelang es ja, eine nach ländli-chem Ermessen durchaus noch attraktive Persönlichkeit zu finden.

Dieses Mal war es anders. Da schafften es nicht einmal Friseurin, Schneiderin, Stylistin und Visagistin, auch nur im Entferntesten aus jener Tochter eine annähernd vor-zeigbare Weinkönigin zu präsentieren. Sie war einfach (pardon des harten Urteils) eine Katastrophe, nicht nur tot, auch lebendig, und von daher machte dann doch eine even-tuell manipulierte Wahl hinter geheimen Wänden die Run-de. Ja, sogar von Schmiergeldzahlungen war die Rede. Kurz und gut, oder eher noch kürzer und schlecht, das Mädel wurde Weinkönigin, und am Ende, obwohl sie dies gerade erst einen Tag war, musste sie diese Auszeichnung mit ihrem Leben bezahlen.

Nun sollte der Ordnung halber erwähnt werden, dass es parallel zur Weinkönigin eine weitere Kürung gibt, inoffi-ziell zwar, doch jeder weiß es. Inoffiziell, weil sie in noch geheimerer Abstimmung und Mission erfolgt und lediglich von der schon etwas reiferen männlichen Dorfjugend festgelegt wird. Und das Entscheidende: die Entscheidung wird nach der Wahl innerhalb der kleinen Gruppe dann via Mund-zu-Mund-Propaganda frei nach der Devise „Behalts für dich und sags bloß keinem weiter" wie ein Lauffeuer verbreitet, so dass es bereits wenige Stunden nach nicht statt gefundener Verkündung jeder Bewohner weiß. Diese Auszeichnung gibt es seit nunmehr 15 Jahren und kürt das hässlichste Mädchens des Dorfes, das im heiratsfähigen Alter und noch nicht unter der Haube ist, zum Kartoffelkäfer. Dumm war nur, dass bei diesem gerade unfreiwillig abgebrochenen Dorffest die Weinkönigin und der Kartoffelkäfer aus ein und derselben Person bestanden. Das war zu viel der Ehre für das Mädchen, sie war dieser doppelten Krönung nicht gewachsen. Obwohl, ein Selbstmord scheidet nach Erkenntnissen der Polizei eindeutig aus.

Wie schon erwähnt, tappt die Kriminalpolizei noch immer im Dunkeln. Gefunden wurde das Mädchen direkt auf einer Grenzlinie, einem sehr schmalen Pfad, genau zwischen einem Weinberg und einem Kartoffelacker. Kurioserweise lagen die Füße des Kartoffelkäfers an einem Weinstock (böse Zungen aus der Zunft der Weinbauer stellten fest, die dicken Beine des Mädchens passten in keinster Weise zu den eher filigranen Rebstöcken, waren allerdings genau so krumm wie diese), und der Kopf der Weinkönigin, das Krönchen immer noch im Haar, lag im Kartoffelacker (böse Zungen, die nun wiederum aus der Genossenschaft der Landwirte, behaupteten, er, der Kopf, sah aus wie eine zu groß geratene Kartoffelknolle). Das alles gibt den Ermittlern der Mordkommission bis heute nichts als Rätsel auf.

Hinweise auf die Tat nimmt weiterhin jede Polizeidienststelle entgegen.

(2006)

Schöllkopfs Welthaus hat keine Fassade,
eine Außenansicht ist nicht da.
Der Reichtum steckt im Bauwerk,
in nicht geheuren Räumen und Zwischenräumen,
in Labyrinthen, die nicht gekennzeichnet sind
– Innenansichten ohne Gewähr.
(Christoph Meckel über Günter Schöllkopfs
sprach- und zeichenspielerisches Gesamtwerk)

Ungeschminkte Ansichten

»Ich bin dann mal eben Zigaretten holen!«

So gut wie keine Reaktion. Meine Mitbewohner in unserer WG heben kurz die Hand zu einem abwinkenden Gruß, mehr zu einem abfällig winkenden Gruß, nicken kaum erkennbar mit dem Kopf, nicht zu mir ... nein, sie nicken sich selber zu. Es ist in ihrem Gesichtern abzulesen: Gehts wieder los mit ihm! – beziehungsweise: Geht er wieder los!

Na ja, sehr glaubwürdig bin ich mit diesen ständigen Abschiedsformulierungen auch nicht wirklich: Jeder von uns auf der dritten Etage weiß, dass ich schon seit ewigen Zeiten nicht mehr rauche. Und was von allen als durchaus sehr ernst genommen werden kann: Bisher bin ich nach einer gewissen Zeit auch immer wieder unversehens und unversehrt zurückgekommen. Egal, welche Leier ich auch abspule, ob ich kurz mal zum Briefkasten gehe (natürlich ohne Brief oder Karte!), ob ich mit dem Hund schnell mal ein Gassi gehe (welcher Hund?), ob ich losziehe, um mir 'n paar Schrippen beim Bäcker zu holen (ich esse am liebsten Vollkornbrot!), ob ich im Café an der Ecke 'n Espresso nippe – rein, ein Schluck, zahlen, und wieder weg (wobei ich auch gerne dort in Ruhe Zeitung lesend einen großen Topf Milchkaffee genieße) ... mit diesen Ausreden komme ich nicht weit – wie schon erwähnt, auch dieses Mal werde ich wieder zurückkommen in unsere WG, freudig begrüßt von allen, die grad da sind, und leicht ironisch befragt, was ich denn heute auch so alles entdeckt habe.

Wobei ich am Ende vielleicht auch wirklich etwas entdeckt habe, über das es sich lohnt, Geschichten darüber zu erfinden, zu schreiben, zu erzählen. Von wegen, kurz ein Lottolos abrubbeln gehen, um dann auf Nimmerwiedersehen zu verschwinden. Von wegen Abenteuer auf einer verschollenen Eisscholle, in einer verwüsteten Wüste, auf schnell strömenden Stromschnellen, in tiefer Unendlichkeit unendlicher Meerestiefen, bei gipfelstürmendem Gipfelsturm oder sonstwo und -wie erleben.

Abenteuerliche Geschichten passieren mir gleich um die Ecke, wenn die Haustüre ins Schloss fällt, während ich noch überlege, ob ich mich links oder rechts die Straße lang auf den Weg mache ...

»Ich bin dann mal weg, die Sonne putzen!«

»Und tschüss!«, murmelt es von den gerade anwesenden Mitbewohnern nebst Freunden aus der Tiefe ihrer Kehlen. Wenn ich Glück habe, überhaupt einen Ton zu vernehmen. Und doch: Wenn ich richtig Glück habe, passiert es mir, sobald ich mich von der zugeschlagenen Haustüre weg auf dem Weg mache, dass ich eine Geschichte finde. Heute bleibe ich erst einmal vor der schwerfälligen, wuchtigen Haustüre, fast schon ein Tor, stehen, und schaue sie mir mal genauer an. So genau, wie ich sie in all den Monaten, die ich nun schon hier wohne, noch nie betrachtet habe.

Das schmiedeeiserne Gerahmte, mit deutlich herausgearbeiteten Jugendstilelementen ziseliert, gut und gerne vier Meter in hohem Bogen hoch und locker zollstocklang zwei Meter breit ... so in etwa gestaltet sich die eigentliche Tür, der Teil des Eingangs- bzw. Ausgangstores, der beweglich ist, der in stabilen Scharnieren hängt, der sich öffnen lässt und der sich von alleine auch wieder schließt. Inmitten der seinerzeit sicherlich mit Herzblut geschmiedeten Rahmen steckt Glas, sicher eingefasst, wunderschön mit

Bildelementen, blumen-, blüten-, blättergeschmückt gestaltet, darin zeigt sich Jugendstil pur, in den typischen aquarellbetonten und doch unverwechselbar eigenständigen Farben, Motiven und Ornamenten.

Links und rechts dieser zweimeterzollstocklang breiten Tür präsentiert sich massives Eichenholz, schlicht, jedoch lebendig gemasert. Trutzig und gleichzeitig ein wenig trotzig – doch wie sich zeigt, hält das Holz das Gewicht der Tür felsenfest im Griff, federt es auch das vehemente Zuschlagen, wenn die Türe mit der unvermeidlich ausladenden Schwere ins Schloss fällt, standfest ab.

Alles in allem sieht der Eingangsbereich schon ziemlich in die Jahre gekommen aus – schade! Das Holz wirkt verwittert, mit reichlich hinterlassenen Gebrauchsspuren; bis in Augenhöhe sehr viel mehr hässlichere Narben, nach oben hin bleibt der Tür- oder Torbogen recht runzlig, mit weniger Verletzungen und Wunden, da und dort jedoch mit den typischen Merkmalen einer unaufhaltsamen Pilz- oder Schimmelbildung. Und auch an der Tür selbst nagt der Zahn der Zeit, der durch unsere Gleichgültigkeit und Nachlässigkeit wiederum genügend Nahrung erhält, dem Zerfall ebenfalls Tür und Tor zu öffnen: Die Scheiben trüben blind (vielleicht vor Wut, weil niemand sich die Mühe macht, sie zum Glänzen zu bringen?), blass, verschmutzt, grau geworden sehen sie seit Langem aus, die Bildelemente, das einstmals Lebendige bewegt sich nur noch im tristen Auf und Zu der Bewegung. Tristesse, auf die nicht mal mehr die Sonne scheint, weil die inzwischen ausladenden Bäume am Rand des Bürgersteigs zur Fahrbahn hin diesseits oder auf kleinen Erdinseln zwischen Parkbuchten andererseits gegenüberliegend in der gesamten Straße alles in den Schatten stellen. Das Eiserne, das fast schon einem Gerippe ähnelt, mit zermürbendem Rost, Farbreste, so sie noch nicht vollends abgeblättert auf dem Boden liegen, lassen erkennen, sie gaben der Tür irgendwann mal einen komplett olivgrünen Anstrich, sicher im schönen Kontrast zur dunkelbraun gemaserten Holzumrahmung. Heute zeugen viele verkrustete Wundmale aufgeplatzter Beulen und Eisen, das, wenn man es berührt, zu grobkörnigen Staub zerfällt, davon, dass das einst repräsentative Eingangsportal die guten Zeiten schon längst hinter sich hat.

Und damit ist mein bis dato ungeplanter Gang übers stadtviertelige Terrain vorgezeichnet – ich möchte sagen: Mein Claim ist für heute abgesteckt.

Kein Gang zu einem Zigarettenautomaten, keiner zum Briefkasten, kein Weg zum Bäcker, und auch zum Lesen ins Café oder gar in eine Kneipe gehts nicht. Ich bleibe auf der Straße, und zwar auf der, in der auf wohne. Ich werde mich auf „meiner" Straßenseite links bis ans Ende entlangwandeln, die Fahrbahn an dem Platz, auf den sie mündet, überqueren, die gesamte andere Straßenseite zurückgehen, bis zur Kreuzung, wo sie im weiteren Verlauf einen anderen Namen erhalten hat, gehe wiederum auf die gegenüberliegende, also „meine" Straßenseite, um das kurze Stück bis zu meiner Wohnung bzw. unserer WG-Bude bzw. zu dem Haus, in dem ich wohne, abzuschreiten. Das klingt zunächst nicht wirklich prickelnd, oder: Es verspricht beileibe keinen spektakulären Auf- oder Entlangtritt.

Egal – sich mal genauer mit den jeweiligen Hausfassaden, Eingangspforten oder auch Schaufenstern mit den dahinterliegenden Geschäften und Läden zu beschäftigen, dies alles mal unter die Lupe zu nehmen oder schlicht, einfach mal bewusst wahrzunehmen ... all das macht den Weg durch meine Wohnstraße ja vielleicht spannend. Kurz: Es entwickelt seinen Reiz.

Damit nun keine Missverständnisse oder Irritationen auftreten: Schaue ich auf dieses erstmals von mir intensiv betrachtete Eingangstor meiner Haus-Nr. 12, würde ich jetzt nach rechts schwenken. Da ich jedoch üblicherweise vorwärts auf die Straße gehe, wenn ich das Haus verlasse, heißt das jetzt: Ich gehe zunächst links in Richtung Ende der Straße, bis zum meist in den Abendstunden und bei schönem Wetter sehr belebten kleinen Platz an der Admiralsbrücke. Gut, es ist mehr die Brücke selbst, die dann unzählbar bevölkert ist. Für Kenner: Ich wohne in Berlin, genauer in Kreuzberg, noch genauer, in der Böckhstraße – dass ich dort die Nr. 12 und auch die dritte Etage bewohne, hat sich ja bereits herumgesprochen. Wer es noch genauer wissen möchte: Auf der linken Seite, wenn man mit dem Gesicht vor dem Haus steht.

Nachdem ich nun die Haustüre, die sich hin zu meiner derzeitigen WG-Wohnung öffnet, ausgiebig inspiziert habe und die mich jetzt dazu inspiriert hat, die ganze Straße einmal unter diesem Blickwinkel zu erkunden, mache ich mich also – nachdem ich mich wieder umgedreht habe – auf den Weg, ums eindeutiger zu sagen, auf den Bürgersteig.

Ich mache mich also auf die Socken, natürlich darüber gestülpt ein Paar leichte Laufschuhe, nach links. Gleich neben dem Eingangstor der Nr. 12 gehört ein ebenso ausladendes Schaufenster zur Fassadengestaltung des Hauses, in dem ich wohne. Ausladend ja, doch nicht gerade einladend. Halbherzig hängt ein ziemlich verrosteter Rollladen herunter. Halbherzig, weil er im unteren Viertel des Fensters mehr oder weniger schräg in den Seilen hängt – soll heißen, links ruhen die Eisenlamellen auf der Brüstung des Fenstersimses (wahrscheinlich ist das jetzt doppelt gemoppelt, im intellektuellen Sprachgebrauch tautologisch – doch das ist mir jetzt egal). Mir gefällt dieses morbide Aussehen des Schaufensters, dieses Vergängliche an sich: Links der Versuch, einen ordentlichen Eindruck der hinter der Scheibe liegenden Leere und Dunkelheit zu hinterlassen, rechts das vergebliche Bemühen, den trostlosen Gesamteindruck vergeblich zu kaschieren. Die Lamellen lümmeln schief und krumm, ermöglichen undiagonal schräge Öffnungsschlitze, die allerdings wenig Ein- und Durchblick erlauben. Was allerdings auch wirklich völlig scheißegal ist:

Dahinter passiert absolut nichts, nicht mal in der komplett undurchsichtigen ewigen Tiefe des Raumes.

Weder hinter noch vor der Fensterscheibe gibt es etwas Bemerkenswertes zu sehen ... mein Weg führt mich weiter zur Haus-Nr. 11, wie ich erkennen muss, rückwärts zählend. 29 Schritte, und ich stehe vor einer belanglosen Eingangstür, äußerst langweilig ihr Äußeres. Obwohl das Haus vom Baustil ähnlich ist wie das, in dem ich wohne – in der gleichen Epoche gebaut, wie so viele Häuser in meiner Straße, in meinem Viertel, in meinem „Revier". An allen, die die Kriegswirren überlebt hatten, und an denen der Zahn der Zeit noch nicht so arg genagt hatte, die vielleicht in den vergangenen guten Jahren im alten Stil saniert wurden, zeigt sich zumindest die Außenfassade im Glanz der Zeit, der Zeit, als Berlin noch eine Metropole war – als die Stadt in der Architektur, in der Kunst und im Leben noch so etwas wie Schöngeistiges verkörperte. Was nicht heißen soll, dass dies heute anders ist – doch auf seine Art ist Berlin zu Beginn des 21. Jahrhunderts logischerweise ganz anders als im ersten und zweiten Jahrzehnt des letzten Jahrhunderts.

Also ... das Nachbarhaus, eine Hausnummer jünger als das, in dem ich ein- und ausgehe, zeigt sich auf Straßenniveau, sozusagen Parterre oder auf Augenhöhe nicht nur eintöniger, sondern auch in einem etwas anderen Frontverlauf als die Nr. 12. Nicht in der klassischen Aufteilung: Schaufenster links, Eingangstüre in der Mitte, Schaufenster rechts. Hier gibts drei Schaufenster nebeneinander linker Hand und rechts die Eingangstüre, durch die jeder durchmuss, wenn er reinwill: Bewohner, Besucher, Lieferanten, Abholanten, der Briefträger, die Müllabfuhr ... und alle Mütter und Väter, die ihre Kinder in den drei Schaufenster breiten, im doppelten Sinne des Wortes linken Kindergarten hinbringen und abholen – natürlich gilt die Durchgehung auch für die jeweils zu den Elternteilen dazugehörigen Kinder nebst den Kindergärtnerinnen und -betreuern, wie ich die letztgenannten alternativ als solche unschwer erkenne. Ein linker Laden, der Kinderladen, wie die mit Handfarbe gestalteten Schaufenster unverwechselbar zum Ausdruck bringen.

Einige Parolen, von innen etwas ungelenk mit Glasfilzschreiber von Kindern, wie es graphologisch aussieht, dahingekritzelt, die Buchstaben sind ziemlich ungleichmäßig, die Zeichen ungeschickt verteilt; einige Plakate und Zettel, mit Klebestreifen provisorisch, will heißen, schief und unordentlich, befestigt und mit unmissverständlich ideologischen Aussagen, in Wort und Bild, versehen, geben jedem Betrachter sofort zu verstehen, in welche Richtung es hier für die betreuten Kinder nebst den dazugehörigen Betreuerinnen und Betreuern geht: äußerst links. Diese Botschaften stehen und hängen, aus Sicht der Haustüre, auch äußerst links – also im Schaufenster ganz links außen.

Drinnen in der Kita passiert nicht allzu viel, einzig eine derzeit in sich ruhende chaotische Unordnung zeigt, dass es wohl auch Zeiten gibt, in denen es dort turbulent, ich wage zu behaupten, auch antiautoritär zugeht. Doch jetzt kann ich nur vermuten, die Kinder dürfen sich auf irgendeinem Ausflug oder Spaziergang noch mal intensiver so richtig austoben, vielleicht sogar ausleben. Egal, es soll nicht polemisch klingen, doch schon allein beim Betrachten der Eingangstüre kann ich mich nicht des Eindrucks erwehren, dass sie ein bewegtes Leben führt. Nicht nur im ständigen Auf- und Zugehen bei dem tagsüber durchgängigen „Publikumsverkehr", sondern durch das ständige Anecken, permanente Fußtritte, konsequentes Anprellen von Kinderwagen, Tret- und Sitzrollern, Drei- und Fahrrädern, Skateboards oder sonstigen selbst ins Rollen zu bringenden Beförderungsmitteln kommt die Haustüre nur selten zur Ruhe – sie zeigt deutliche Spuren, die nicht viel von Respekt ihr gegenüber zeugen und zeigen. Man sieht ihr das Bedauern über den Zustand an, wer genauer hinschaut; vor allem, wenn der Blick aufs untere Drittel der Türe fällt.

Doch ich mag jetzt nicht weiter insistieren, mit meinen Vermutungen, vielleicht sogar Unterstellungen – warum soll ich so viel Zeug aus dem Dings holen?! Weiter gehts! Klar ist, dass ich nun auf das Gebäude mit der Haus-Nr. 10 zusteuere. Nach exakt gezählten 26 Schritten erreiche ich die Trennungslinie zwischen dem klassizistischen, doch etwas verkommenen Haus und einem eher postmodern orientierten Nachkriegsbau: Backstein-, Klinkerbau, funktional mit langweiliger Fensterfront, unscheinbar kleiner Eingangstüre, ein wenig zurückgesetzt – wie sich im weiteren Vorbeidefilieren zeigt.

Da ich weiß, dass dieses Gebäude Teil einer Schule ist, möchte ich auch gar nicht länger, erst recht nicht lange, davor verweilen – als Kind schon fand ich kein ausgeprägtes Interesse an Schulen. Die Haus-Nr. 10 ist der Fassade nach wohl das Nebengebäude des eigentlichen Schulhauses. Und die erwähnte kleine Eingangstüre ist – so vermute ich – entweder dem Hausmeister vorbehalten, der auch hinter diesen Mauern wohnen könnte, oder evtl. der Ausgang eines geheimen Fluchtweges für das Lehrpersonal, so sie von Schülern möglicherweise bedroht werden. Gedankenspekulationen ... – insgesamt 55 Schritte entlang der rötlichen Klinkerfassade, die erst relativ weit oben durch Fenster unterbrochen ist, kommt der Haupteingang der – wie das rechts angebrachte Messingschild zum Ausdruck bringt – Lemgo-Grundschule Kreuzberg. Ein weitläufiger Eingang mit Treppenaufgang und Geländer, der zum zurückgesetzten Schultor führt, das jetzt einen verschlossenen, auf jeden Fall einen geschlossenen Eindruck hinterlässt – die Schule also eine unterrichtsfreie Zeit erlebt. Ansonsten gibt es keine besonderen Kennzeichen beim Blick links zur Fassade. Rechts fällt auf, dass der Bürgersteig über die gesamte Länge der Schule sehr viel breiter ist, oder im Umkehrschluss: die sehr viel schmalere Fahrbahn der Böckhstraße an dieser Stelle parkflächenfrei und kopfsteingepflastert ist. Warum, dürfte jedem klar sein.

Weiter gehts für mich zum Hauseingang Nr. 4 – vom Schultor 69 Schritte, davon 44 noch an der Schule entlang. Ich will nun nicht lehrmeisterlich sein, doch wer meine Beobachtungen aufmerksam verfolgt, stellt fest, die Schule hat postalisch die Haus-Nrn. 5 bis 9, respektive mit ihrem Nebengebäude bis 10. Bitte sehr, wer jetzt unbedingt die Länge des gesamten Schulgebäudes ermessen möchte: Meine flanierende Schrittlänge beträgt im Schnitt 99 cm – macht bei 99 Schritten nach Adam Riese und Eva Zwerg ... ach, ich war schon in meiner Schule ein schlechter Rechner; Zahlen waren nie meine Stärke, einzig mit Buchstaben konnte ich einigermaßen recht jonglieren.

Egal, jetzt stehe ich vor der weißen Eingangstüre eines weißen Hauses, das bis in etwa Hüfthöhe (einer menschlich-erwachsenen) auf das Fundament einer roten Grundmauer gebaut ist. Ein altes Haus, doch ein gut erhaltenes Haus ... und irgendwie ein schmuckes Haus. Und ein vergleichsweise zu den anderen Häuserfronten hier recht schmales Haus: Sind doch der Eingang rechts außen und damit alle Fenster der mehrstöckigen Wohnungen auf der linken Seite, pro Etage jeweils drei gleich große, jedoch ziemlich kleine, nebeneinander – bis zur Haustüre der Nr. 3 sind es gerade mal fünf Schritte. Und siehe da: Dieses Haus ist im gleichen Stil gebaut, nur seitenverkehrt, der Eingang links, die Wohnungen rechts, wiederum drei Fenster die Front entlang. Genau so schmuck, genau so gut erhalten, genau so alt ... und doch anders schön anzusehen: die Fassade ist grau, der Sockel mit rosafarbener Mauer, die Eingangstüre rot. Zugegeben: fürs Auge eine etwas gewöhnungsbedürftige Farbkomposition, doch im häufig tristen großstädtischen Einheitsallerlei ein wohltuender Farbtupfer, wenn sich das Ansichtsvermögen des Auges vom Gewöhnlichen lösen kann. Insgesamt: Beide Häuser hinterlassen auf dem Wege meiner Betrachtung einen gediegenen Eindruck.

Wiederum schaufensterblicklos schreite ich nun meines

Weges in Richtung nordwestliches Ende der Böckhstraße – zur Haus-Nr. 2. Exakt 28 Schritte lang betrachte ich eine der schönsten Fassaden auf dieser, auf „meiner" Seite der Straße. Mauerwerk, Erker, Bögen, Balkone, Geländer, Balustraden, Fenster, Ornamente, Verzierungen, Steinfiguren, der Eingang, die Türe ... alles lebt, alles atmet, aus einer Zeit, als die Menschen noch Zeit hatten, als das Leben noch Zeit hatte zu leben. Aus einer Zeit, als Pferdekutschen noch das Straßenbild belebten – als es wirklich noch die Zeit gab, würdevoll durch die Großstadt zu flanieren. Und ich mittendrin, vor mir das wunderschön restaurierte Haus, bei dem es den Anschein hat, als wäre sogar die Patina nachträglich liebevoll angebracht worden.

Gedankenverwurzelt verweile ich eine in beschleunigungsfreien Einheiten nicht messbare Zeit vor dem Haus, stehe am wuchtigen Baumstamm einer Akazie gelehnt, als warte ich auf das nächste Pferdefuhrwerk, das mich zum Tanztee in den Vergnügungspark Hasenheide bringt ...

Ein Hund holt mich in die Gegenwart zurück. Klarer ausgedrückt, es ist sein Herrchen, der mich ankläfft, weil ich die Toilette seines Hundes blockiere. Da ich einer – sicherlich unergiebigen – Diskussion über das Für und Wider einer artgerechten partnerschaftlichen Tier- und Menschenhaltung aus dem Wege gehen möchte, mache ich meinen Platz frei, damit der Hund seinen wohl angestammten Stammplatz einnehmen kann. Den Äußerungen seines inzwischen, im Gegensatz zu seinem Begleiter, unruhig gewordenen Herrchens ist es für das Geschäft sehr wichtig. Ich frage mich beim Weiterflanieren, welches Geschäft wohl gemeint war.

Die nächsten fünf Schritte sind schnell gemacht – sie führen mich zum letzten Gebäude (bedingt durch meine gewählte Route auf dieser Straßenseite ist es das letzte, aufgrund der Hausnummerierung ist es das erste Haus): Das Eckhaus Nr. 1 fällt nicht unbedingt durch seine Optik, seine Fassade, seinen Baustil auf; es ist das Geschäft darin, das ein Stück weit aus dem Rahmen fällt. Der Lokalität nach wäre es mit heutigen Maßstäben ein Eiscafé – doch das würde dem Charakter der Einrichtung bei weitem nicht gerecht werden. Das Haus beherbergt die „Eisdiele Isabel". Und mit dem Namen ist eigentlich schon alles gesagt – hier gibt es noch eine wirkliche Eisdiele, eine italienische Eisdiele im Stil der sechziger, siebziger Jahre des letzten Jahrhunderts, wie sie zu der damaligen Zeit zuhauf wie Pilze aus dem Boden schossen. Das zeigt sich innen im Interieur, das fällt auch draußen sofort ins Auge: wacklige Plastikstühle und -tische mit dünnen Aluminiumstangenfußbeinen. Und das beweist sich auch an dem schleckenden Angebot: von wegen die hippen, neumodischen Designereisvariationen; nein, es sind die Klassiker, die noch als wirkliche Kugeln in Tüten oder Bechern eingefüllt werden – erdbeerrosafarben, vanillecremeblass, schokoladendunkelbraunleuchtend. Nur die Preise sind absolut der heutigen Zeit angepasst: 1 Euro die Kugel.

Ich erinnere mich an mein erstes Eis in Tüten, das mir als kleiner Steppke meine Eltern in einer neu eröffneten Eisdiele mit dem aparten Namen „Schmecklecker" gekauft haben – für 10 Pfennig die Kugel; ich durfte mir eine Kugel aussuchen, es wurde Erdbeere.

Ich schlendere also zwischen dem offenen Schaufenster, einer ebenso typischen Theke, in der unten die Eisbehälter eisgekühlt ruhen und oben auf der Plexiglasablage die bereits erwähnten Tüten und Becher in entsprechenden Ständern ineinanderverschachtelt auf ihren Einsatz warten, und der Straßenbestuhlung und -betischung zur Fahrbahn hin. Nicht gerade gut besucht – vielleicht ist zu dieser Tageszeit gerade keine Eiszeit angesagt?! Beim Blick auf diverse nostalgische Hinweisschilder und Informationselemente muss ich ebenfalls altbacken schmunzeln: über das Leuchtreklameschild „ionia il caffé" mit seiner verschnörkelten Zierschrift, über den wuchtigen Schriftzug „Baretta Eis" in blockigen Großbuchstaben, darunter verschämt klein, kaum erkennbar der Name der Eisdiele – obs wirklich eine Isabel gab oder gibt, die hier Eis verkauft hat oder in erster Linie Kindern noch in die Hand drückt, entzieht sich meiner Kenntnis. Das auffälligste Stück Deko vor dieser Eisdiele ist jedoch zweifelsohne ein überproportional großes, dreidimensionales, fast schon als Retro-Kunstwerk zu bezeichnendes Teil, direkt an der Ecke des Hauses, angekettet an einen fest verankerten Fahrradständer. Dort sitzt er, ein unförmiger Plastik-Eisbär, der mit einer angedeuteten Tatze drei Eisbollen umarmt – in den wiederum klassischen und geradezu authentisch passenden Farben Erdbeerrosa, Vanillecreme und Schokoladendunkelbraun.

Nein, ein Eis macht auch mich jetzt überhaupt nicht an. 26 weitere Schritte, und ich bin am Ende. Oder umgekehrt ausgedrückt: auf dieser „meiner" Seite numerisch am Anfang der Böckhstraße. Auf der anderen Seite werde ich umkehren. Und dort, wo die Böckhstraße für mich anfängt, endet sie eigentlich mit der Haus-Nr. 55. Wobei das nicht wirklich stimmt ...

O. k., also fange ich mit dem Ende ganz korrekt von vorne an.

Im Grunde genommen dürfte ein aufmerksamer Ortsfremder, der sich das erste Mal in den nordwestlichen Anfang der Böckhstraße einfädelt, zunächst erstmal irritiert sein. Das erste Gebäude, wenn er auf der linken Straßenseite bleiben möchte, trägt die Haus-Nr. 29 und gehört postalisch noch zur Grimmstraße. In diesem Laden dort wird aller statistisch bewerteten Chancen zum Trotz jede Woche zweimal das große Glück herausgeschworen, das große Los vergeblich gezogen – das Geschäft ist ein typischer Kiosk: Lotto, Toto, Zeitungen, Zeitschriften, Zigaretten, Tabak, Süßigkeiten, Getränke in Form von Bier-, Cola-, Brause- und Wasserflaschen ...

Und dann ... dann doch: Böckhstraße 55 – das Haus, das ich neben meiner Wohnung in Haus-Nr. 12 inzwischen am häufigsten aufsuche. Es ist das Café „Goldmarie" –

mein zweites Wohnzimmer, mein zweiter Arbeitsplatz, eigentlich der dritte neben dem Schreibtisch in der WG und dem Uni-Hörsaal/der Uni-Bibliothek, so ich letztgenannte Wissensdestinationen noch real brauche.

Da ich das Innere und Äußere des Cafés nun wirklich in- und auswendig kenne, erlaube ich mir – im zwar locker schlendernden, dennoch als zügig zu bezeichnenden Vorbeigehen – einen flüchtigen Blick durch die einladenden, doch immer schon etwas milchigtrüben Schaufenster; die allerdings jedoch nichts zur Schau stellen wollen. Oder doch? Jedenfalls erkenne ich bei diesem flüchtigen Blick durchs einladende Fenster ein nicht zu ignorierendes Einladungsformat: Heute macht das „Goldmarie" seinem Namen wieder mal alle Ehre – es wirtschaftet eine der durchaus mit diesem Wort zu charakterisierenden Bedienungen. Einzig so viel sei verraten: Marie heißt sie allerdings nicht. Doch es lohnt jedenfalls unbedingt allemal, auf einen kurzen Melangebraunen – kalimperklimperdingellingelbingbongklong – durch die Türe mit dem unverwechselbaren Begrüßungsglockenanschlag ins Café zu fallen, um in dem Goldmarie mit der Goldmarie immer wieder ein paar fröhlich-lächelnde Worte und harmonisch-klingende Gesten zu wechseln. Gedacht, getan ... jedoch nur auf eine Milchkaffee in Espressogröße – schließlich will ich ja heute mein Augenmerk auf meist geschichtsträchtige Hausfassaden legen, und nicht in gesichtsprächtige Antlitze attraktiver Märchenfeen versinken.

Tja, wenn ichs vorhin beim Losgehen daheim schon gewusst hätte! Statt meiner üblichen Floskel „Ich bin dann mal eben Kippen holen!", hätte ich mich ja wahrheitsgetreu mit einem „Ich bin dann mal eben einen Kaffee kippen!" verabschieden können. Nur ... wesentlich glaubwürdiger wäre ich vorhin für die anwesenden Mitbewohner auch nicht von dannen gezogen – in diesen Situationen nimmt mich in unserer Bude sowieso keiner mehr für voll. Jedenfalls wird dieses Thema ein nettes Smalltalk-Plauder-

Gesprächs-Stöffchen zum heißen Tässchen mit der märchenhaften Bedienung – anrührend, aufschäumend, auslöffelnd; alles in allem haben wir herzhaft gelacht und genossen.

Nun aber nichts wie weiter! Goldmarie muss sich den anderen Gästen widmen. Und ich bin ja auch in anderer Mission tätig – noch nicht einmal die Hälfte meines Weges habe ich geschafft. Kalimperklimperdingellingelbingbongklong ... und tschüss-winkend verabschiede ich mich durch die Tür. Und zugegeben, auch ein wenig durch den Wind ob dieses soebenen Anblicks eines faszinierenden Jugendstils der Moderne. Doch das gehört jetzt hier nicht weiter vertieft – heute gehts um Immobiles in Sachen Architektonisches und dessen Proportionen.

Mein weiterer Weg stellt sich als kurzer Galopp heraus: Im gleichen Haus – lediglich sechzehn federnde Hüpfer nach diesem Kaffee eben ... – könnte ich schon gleich wieder durch die nächste Tür ins nächste Geschäft fallen, mehr noch, hier drinnen könnte ich mich richtig fallen lassen. Mental, meine ich. „Grimms Buchladen" – ein einladender Laden; nach wohl proportionierten Formen wohl platzierte Worte! Nur gut, dass Herr Grimm sich nicht immer an die in der Tür angeschlagenen Öffnungszeiten – „Mo-Fr 11-19 / Sa 11-16" – hält. Heute schätze ich ihn dafür, dass er so inkonsequent ist; komme ich wenigstens voran auf meinem Weg (es wird noch genug Tage geben, an denen ich ihn um so mehr schätze, was er mir immer wieder an prickelndem Lesestoff empfiehlt, und den ich gleich in seiner Kuschelleseecke hinten links lesen darf). Vielleicht liegts ja auch an einem weiteren Zettel, der für mich neu in seinem Schaufenster klebt, in seiner fast unleserlichen Schrift mit der Botschaft: „Autoschlüssel gefunden!"? Ich stelle mir vor, dass der rechtmäßige Besitzer des Schlüssels den Buchhändler gerade eingeladen hat, um ihm seinen gerechten Finderlohn zu übergeben – bei einem Glas Wein in Grimms Lieblingsdegustationsdestination. So geht gerne schon mal meine Phantasie mit mir durch – doch zu wünschen wäre es meinem doch recht skurrilen Lieblingsbuchhändler allemal.

Nur einen Schritt weiter und ich stehe vor dem nächsten Haus. Besser gesagt, ich gehe ziemlich gelangweilt daran vorbei. Haus-Nr. 54: ein nichtssagender Eingang, das ganze Haus unschön – die unauffällige Fassade ... ein, ich schätze, in den 1950/60er Jahren in eine Baulücke hineingezwängter Zweckbau. Quadratisch, praktisch, schlecht – man sieht es an der Hausklingel und den Briefkästen: Damals herrschte Wohnungsnot; sehr, sehr viele sollten hier ein Dach überm Kopf bekommen. Auch die 53 ereilte das gleiche Los – nur mit dem Unterschied, dass diese Fassade komplett eingerüstet und mit einer hässlichen grünen feinmaschigen Netzlochfolie abgehängt ist. Einzig die Souterrain-Wohnungen links und rechts der Tür sind total verdreckt sichtbar. Meine Erkenntnis: a/ zu hoch gebaut, die Folie hat irgendeiner DIN-Norm entsprechend nicht gereicht und b/ in Zeiten schlechter Baumaterialien hochgezogen, die Fassade und/ oder die Fenster sind bereits renovierungsbedürftig. Das nächste Haus, also die 52, dürfte ein ähnlicher Jahrgang sein; doch insgesamt ist es sehr viel besser in Schuss – was die Substanz betrifft. Was die Optik angeht, habe ich den Eindruck, das Haus möchte sich am liebsten ducken, verstecken: mausgrau, wie eine Maus in ihrem dunkelsten Mauseloch nicht dunkelgrauer sein kann.

Alles in allem, die letzten geschätzten, da ungezählten ca. 50 bis 60 Schritte haben meinen Weg nicht gelohnt. Und nicht belohnt.

Um so lohnenswerter entwickelt sich nun mein wieder spürbar entschleunigter Gang entlang des nächsten Gebäudes, ein Wohn- und Geschäftshaus aus der Zeit nach der Gründerzeit. Wobei das Geschäftliche erst sehr viel später eingezogen sein dürfte – eröffnen doch die drei Fenster in Parterre, in gleicher Anordnung und Größe wie in allen höherliegenden Etagen, ab einer Höhe von etwa 60, 70 Zentimeter einen Einblick ins Innere eines Fahrradladens. Das sieht schon irgendwie kurios aus: jeweils pro Fenster ein durchgestyltes Fahrrad, das an Ketten von der Decke schaukelnd im Schaufenster baumelt. Und dies in einer wunderschön renovierten und restaurierten Hausfassade, rötlicher Stein mit blau gestrichenen Fensterrahmen und -läden und dem wuchtigen Eingangsportal der schmiedeeisernen Tür, auch in Königsblau. Sie gewährt den Eintritt in ein ebenso gnadenlos toll renoviertes, schmuckes Treppenhaus, rechts seitlich gehen die Stiegen hoch, geradeaus führt es weiter in einen biotopähnlichen Hinterhof halb mit Baumbewuchs bestellt, halb mit Fahrrädern verstellt. Und nur von dort lässt sich auch das Fahrradgeschäft – Gott sei Dank ebenerdig – betreten. Sinnbildlich gesprochen: Wer an seinem Rad einen Platten hat, muss es erst einmal mit der Kirche ums Dorf rollen.

Bis zur nächsten Türe zähle ich 33 Schritte bei normaler Schrittlänge. Leider hat das Haus Nr. 50 ein weitaus weniger schönes Schicksal oder heutiges Dasein erlitten als sein Nachbar, dem ich eben einen Besichtigungsbesuch abgestattet habe. Hier hat der Zahn der Zeit ganz beträchtlich seine Spuren hinterlassen, feste genagt – sie, die Spuren, ließen sich auch mit so manchen Graffiti-Malereien, aus künstlerischer Sicht eher -Schmierereien, nicht vertuschen ... äh, nicht vertünchen. Rechts des Hauseingangs gab es wohl früher ein Geschäft – vergitterte Tür und Schaufenster lassen jedoch nicht mehr erahnen, womit hier einst gehandelt wurde. Links des Eingangs hält allerdings das „Schönlein 2" noch seine Türe offen: dem Namen nach ein Getränke- und Lebensmittelladen, vermutlich eine Dependance der Nr. 1 in der Schönleinstraße weiter vorne um die Ecke – dem Angebot nach jedoch (ich weiß, es klingt schon ziemlich abwertend) ein Kraut-und-Rüben-Ramsch-Laden unterer Schublade. Ich behaupte – sehr vorsichtig prognostiziert: Die Tage des Zweig- oder Zweitgeschäftes dürften gezählt sein – das traurige Los vieler kleiner Einzelhändler im Berliner Kreuzberg, und sicherlich auch überhaupt und -all anderswo irgendwie.

Vor dem nächsten Haus dann kann ich mich versichern, dass eine konsolidierte Geschäftsordnung wieder hergestellt ist. Ja ja, ich gebe ja zu, es ist eine alberne Wortspielerei, die ich in meinen Gedanken betreibe ... bloß weil sich hier im Erdgeschoss – trotz Sichtschutzlamellen, die jeglichen Einblick verwehren – eine Versicherungsagentur zu Diensten steht. Auch wenn ich mir nicht sicher bin, ob ich wirklich richtig liege. Zumindest weist ein leuchtplakatives Werbeschild darauf hin, dass eine der größeren Versicherungsgesellschaften im Haus Nr. 49 einen Generalagenten in Sachen geschützter Absicherungen beherbergt. Doch mehr ist nicht zu erkennen.

Zur Hausfassade als solcher: Recht unscheinbar fristet das Haus sein Dasein, auch wenn es sich einen pseudopostmodernen Anstrich verliehen hat; und dann passts ja doch mit der Versicherung da drinnen: Sie gibt es, doch sie gibt nichts her! Alles in allem waren die 30 Schritte entlang des nichtssagenden Hauses auch nicht lohnenswert.

Da lob ich mir die nächsten beiden Häuser – ich nenne sie mal so was wie alte Patrizierhäuser; doch wahrscheinlich wird mich jeder architektonisch bewanderte Historiker oder historisch bewanderte Architekt einen dilettantischen Bewunderer schimpfen. Egal, jedenfalls sind sie fein herausgeputzt, der alte Charme ist lebendig geblieben – Erker, Loggien, Balkone, Pfeiler, Säulen, Galerien ... eigentlich alles macht einen lebenswerten Eindruck. Und dann beim Hochschauen die Steinskulpturen im Gebälk, die Sofitten, die floralen Ornamente, antik oder besser antikisierend der griechischen Kultur nachempfunden, fast wie Atlanten und Karyatiden, die an jedem möglichen Fassadenplatz ihren Platz gefunden haben – faszinierend das. Ich stelle mir die Wohnungen genau so reizvoll vor: schwere Eichenholzdielen, Stuck an den Decken, aus- und einladende Zimmer mit viel Intarsien ... zu sehen sind sie allerdings nicht vom Bürgersteig aus, klar!

Was zu sehen ist? – Der Reihe nach: drei Schaufenster in der Nr. 48, offen, hell, lebendig, kunterbunt. Dahinter zeigt sich der Kinderladen „BuMi" (logisch: das steht für „Bunte Mischung"). Und so sieht's da drinnen auch aus: Kinder aus aller Damen und Herren Länder, Spielzeug in allen Formen, Farben und Figuren ... wenn es ein Zurück in meine Kindheit gäbe, in diesen Kindergarten wäre ich allzu gerne gegangen.

Ich gehe träumend weiter ... bis zum wuchtigen Eingangstor, das offen steht – ein langer und ewig hoher Flur führt in den Hinterhof; links geht es das Treppenhaus hoch zur 48, rechts in das Haus Nr. 47. Schön gemusterte Steinfliesen auf dem Boden, holzvertäfelte Wände, von der reichlich verzierten Stuckdecke hängen Kronleuchter als Deckenbeleuchtung. Fast andächtig gehe ich in den Hinterhof – wie vermutet ist seitlich links der Eingang in die „Bunte Mischung", rechts weist ein Glasschild mit eingravierter Schrift auf die „Werbemanufaktur". Die 47 ist also sozusagen der Zwillingsbruder der 48, nur seitenverkehrt: Wieder auf dem Bürgersteig vorne, mich links haltend, zeigen sich wiederum drei Schaufenster – auch diese offen, hell, doch weniger lebendig und schon gar nicht kunterbunt. Nein, hier gehts stylistisch unterkühlt zu, Ton in Ton, also Schwarz in Schwarz, vom Boden bis zur Decke, die Wände entlang, die mobiliare Einrichtung ebenso wie die darauf Sitzenden und daran Schaffenden. Einzig die riesigen Bildschirme ihrer Rechner flimmern etwas Farbe ins Spiel. Mir scheint, das muss wohl eine ganz coole Werbeagentur sein. Doch insgesamt bilden die beiden Häuser einen wunderbar spannenden Kontrast im Kreuzberger Straßenleben, auch wenn es hinter Glas geschieht. Von links dringt ein Johlen und Lachen, ein Jubeln und Kreischen nach draußen, von rechts bleibt es die gespenstige Stille, nur aus der sich wohl eine facettenreiche Kreativität entfalten lässt.

Achtzehn Schritte misst das nächste Haus – die Böckh-straße 46. Nicht gerade das imposanteste, weder im Mess- noch im Sichtbaren. Um so erstaunlicher präsentieren sich in den oberen Stockwerken weit herausragende Balkone – beim genaueren Betrachten sind sie eine Mischung aus Balkon und Loggia, sie dürften also locker an die 15 qm ha- ben. Einige schauen wunderschön beblumt, bepflanzt, be- waldet aus – der Tiergarten in klein; andere ragen rat- und lustlos aus der Fassade, nackt, kahl, leblos – triste Hinter- hofatmosphäre zur Straße hin. Links der einfallslosen Ein- gangstür – einzig die illuminierte Hausnummer strahlt hell aus dem Mauerwerk – ist dennoch eines der bemerkens- wertesten Geschäfte in der Straße: ein Schubladen-Laden. Schubladen in allen Farben, in allen Formen, in allen Mo- dellen, in allen Materialien, die kleinste vielleicht 20 x 10 x 5 mm lang x breit x hoch, die größte, die sichtbar im Schaufenster, hat gewiss die Ausmaße eines Überseekoffers (sie sieht auch ein wenig so aus, allerdings gibts statt Trage- riemen einen dicken handballgroßen Knauf). Eine sehr interessante Geschäftsidee – obs allerdings ein erfolgreiches Geschäft mit dem Geschäft ist? Jedenfalls ist es ein schönes Geschäft – man kann beim Hineinschauen fantastisch seiner Phantasie freien Raum lassen ...

Doch damit fange ich jetzt gar nicht erst an, sonst bleibe ich ja wirklich heute noch auf der Strecke ... könnten meine Wohnkumpels mutmaßen.

Das Geschäft rechts neben der besagten einfallslosen Eingangstür könnte wiederum einem einfallsreichen Ge- schäftsmann ein lohnenswert reiches Geschäft einbringen – noch steht es leer; ein großflächiges Schild quer übers Schaufenster vermerkt, dass „Büros/Praxisräume zu ver- kaufen" sind, bzw. für einen Interessenten natürlich zu kaufen sind. Mal sehen, was daraus wird ... neben dem Schubladen-Laden vielleicht ein Rollladen-Laden?! Phanta- sie-Modus endgültig aus: Ein Büro oder eine Praxis sind ja wirklich auch ein ganz ein anderes Geschäft.

Noch zwei Häuser sinds auf dieser Straßenseite, bis ich am anderen Ende zur Ecke Graefestraße komme. Zu der Straßenkreuzung, an der ich die Böckhstraße wieder überqueren will, um auf „meiner" Seite das Stück bis zur Nr. 12 zurückzugehen. In diesem Augenblick stehe ich genau gegenüber und schaue durch das blattreiche Baumwerk auf unsere WG-Wohnung, auf unsere Etage, auf der es noch keine Balkone gibt (sie fangen erst ein Stockwerk höher an), zu den Fenstern der beiden Buden dort, die zur Straße „gehen" – meine ist nicht dabei, sie „geht" nach hinten, in den Hinterhof raus.

Ja, es stimmt, was ich schon des Öfteren gehört habe: Die Nr. 12 gehört mit zu den schönsten Häusern in der ganzen Straße, zumindest von der Fassade her. Auch wenn ihr Charme inzwischen ein wenig spröde wirkt, auch wenn die Jahrzehnte so manche Falten, Altersflecken und Narben hinterlassen haben, auch wenn kosmetische Eingriffe und Operationen immer wieder so manches, das im Laufe der Zeit – wie soll ich sagen? – zu Abszessen geführt hat, zum lediglich kurzfristig erfolgreichen Facelifting beigetragen haben ... Insgesamt hat sich das Haus mit Recht so behauptet, wie es sein Architekt damals gewiss haben wollte – es ist, wenn man so will, standhaft geblieben, hat sich trotz seines hohen Alters tapfer ge- und sein Aussehen tugendhaft erhalten.

Zurück zu dem, was noch vor mir liegt: die Häuser 45 und 44. Beide haben es nochmals in sich ... und was dabei ebenerdig durch die Schaufenster nach außen dringt, gehört eindeutig zu den lebendigen Facetten in der gesamten Straße. Die 45 beherbergt einen weiteren Kinderladen. Dabei spricht der Name für sich und für den Laden: „Knatterpampe" – damit ist alles gesagt, was aus den zwei Schaufenstern lautstark ans Tageslicht kommt; ziemlich alternativ gehts da drinnen ab ... für die Kinder dürfte es sicherlich ein kleines Paradies, ein Eldorado sein. Eigentlich sind es lediglich eineinhalb Schaufenster, ist doch das rechte der beiden mit einem überdimensional großen Plakat so gut wie zur Hälfte zugeklebt. Doch was dort zu lesen steht, passt wiederum in unser gesellschaftliches Bewegungs-Bild: „Liebe Hundebesitzer. Bitte achten Sie darauf, dass Ihre Hunde Ihr Geschäft nicht auf dem Gehweg erledigen." Absolut in Ordnung, der Hinweis – schon allein wegen der Kinder. Doch die kleinen Tücken mit der Rechtschreibung ... na ja, ich will da jetzt nicht weiter insistieren, wie es heutzutage in Kindergärten und Schulen mit der deutschen Sprache bestellt ist. Ich werde nur das anmerken: a/ habe ich – wie schon erwähnt – keinen Vierbeiner, der neben mir, ob mit, ob ohne Leine herdackelt, oder, wenn überhaupt, neben mir herpromenadenmischt, und b/ wenn ich einen hätte, wollte ich ihn gar nicht so dressieren, dass er auch noch meine Geschäfte mit auf dem Bürgersteig erledigen soll.

Doch noch ein weiteres Hinweisschild neben der Eingangspforte zum Haus findet meine ungeteilte Aufmerksamkeit. Befindet sich dort in einem der Stockwerke – welches, das bleibt auf der Messingtafel verborgen – eine für hauptsächlich leidende Menschen zu konsultierende Einrichtung. Wenn man so will, auf eine mittelbare Art auch ein Hauch Alternativtum. Eine „Praxisgemeinschaft von HeilpraktikerInnen" – die „Naturheilpraxis Aller Munde" – bietet eine „offene Sprechstunde 10-13". Klar ist, dass sie von 10.00 bis 13.00 Uhr geöffnet ist. Unklar bleibt jedoch, an welchen Tagen. Noch unklarer stellt sich mir die Frage, ob es zu anderen Zeiten auch geschlossene Sprechstunden gibt. Und vollkommen irritiert gehe ich weiter von dannen, auf was sich das „Aller Munde" bezieht. Ist es eine Naturheilpraxis, die sich um stomatologische, also sozusagen um mündliche Belange kümmert? Oder ist sie im Viertel bereits so im Gespräch, dass das Schild im Grunde genommen vollkommen überflüssig wäre? Da die offenen Stunden für den heutigen Tag bereits verstrichen sind, bleibt eine Klärung damit ebenfalls offen. Ich schließe das Thema somit ab.

Liest und hört es sich im Haus Nr. 45 nach viel Leben in der Bude an, findet in der 44 das Leben in der Stube statt: in einer Backstube. Genauer gesagt: in der „Bäckerei Konditorei Wulff". Im ersten Fenster, an dem ich vorbeitrabe, kann ich die Theke und dahinter die Bäckersfrau erkennen, hinter dem zweiten Fenster befindet sich ein Steh-Café, an dessen Tischen sich der eine oder andere Gast mit der einen Hand an der einen oder anderen Tasse Kaffee festhält und mit der anderen Hand seine Gabel in das eine oder andere nicht genau zu identifizierende Stück Kuchen stochert. Da soll zum Inhalt und zum Angebot der Bäckerei und Konditorei an Aussagekraft reichen.

Und damit habe ich die gegenüberliegende Straßenseite meiner WG-Wohnung bis zur Ecke Böckh-/Graefestraße abgeschritten. Das letzte Haus macht alles in allem nicht viel Aufhebens um sein Aussehen: viel alt, doch wiederum nicht so richtig alt, und zwischendrin hier und da ein wenig auf neu getrimmt, ohne zu wirken.

Bevor ich nun die Straße überquere, standen eben langweilige 23 Schritte bis zur Eingangstür der Bäckerei und weitere 23 Schritte bis zum Ende des Hauses auf dem Programm. Dann also nichts wie rüber zum anderen Eckhaus – dies schon sehr viel eher ein richtig altes Haus, leider aber auch so unübersehbar alt, dass ich mir gar nicht wirklich genauer die Fassade anschauen möchte. Und auch hinter die Fassade, resp. durch Tür und Fenster, mag ich nicht blicken. Die „Mika Speisegaststätte Sportsbar" ... nun denn, jedenfalls ist sie nicht nach meinem Geschmack – weder von der Einrichtung, noch vom Ambiente und erst recht nicht vom Angebot. Eine Leuchtreklame verspricht zwar „Berliner Pilsner" und „Schultheiss"; doch dieses Bier gibts auch anderswo, wo es sehr viel gemütlicher zugeht. Und eine direkt an der Eingangstür angelehnte Tafel empfiehlt ein mit Kreide geschriebenes Tagesangebot, eine „Hausgemachte Bulette" für „1,80 €"; da bevorzuge ich doch eindeutig unsere WG-Küche, die Hausgemachtes sehr viel hervorragender zaubern dürfte – sicherlich ebenfalls einfach, dennoch raffinierter als im „Mika". Im rechten Fenster, das schon zum angrenzenden Haus Nr. 13 gehört, stehen in krakeliger Schrift weitere Angebote direkt auf der Scheibe: „Eisbein + Kassler" sowie „Essen nach Voranmeldung". Na denn, guten Appetit! Mehr Senf mag ich nicht dazugeben.

Was mir auf meinem letzten Stück Weg bleibt, ist meine Bewunderung für den wunderschönen alten Hauseingang in der 13 und meine Aufmerksamkeit für das danebenliegende Geschäft „Art Dental", dessen heruntergelassene Jalousie mir auch heute wieder keinen Einblick schenkt, was sich nun genau dahinter verbirgt. Da ich jetzt genug Ansichtskunde betrieben habe, fehlt mir am Ende jegliche Phantasie ... so weit ich weiß, ist dort ein Zahnlabor, in dem vielleicht so eine Art Gebissmodelle geformt werden – ob allerdings als Kunstwerk, bleibt mir auch für heute verschlossen.

Noch 26 Schritte, und ich stehe vor meiner Haustüre. Noch 52 Stufen, und ich stehe vor meiner Wohnungstüre. Während ich oben aufschließe, fällt mir aus Günter Schöllkopfs „Metamorphosen" in seinen Zeichnungen zu „Ulysses" von James Joyce das geschriebene Wort „Großstadtmorgenluftkrach" ein. Wenn ich so will, hab ich mir gerade eine solche Dröhnung am späteren Nachmittag gegeben ...

»Ich bin dann wieder da!« – ein Echo verhallt tonlos in der Tiefe der ewig langen Diele. So bleibt mir erspart, auf die sehr wahrscheinlich leicht ironisch gestellte Frage, was ich denn heute entdeckt habe, eine Antwort geben zu müssen. Jetzt habe ich die Muße und Zeit, mir selbst so richtig ausgiebig und ungeschminkt die Frage zu stellen, warum wir uns tatsächlich immer wieder gemüßigt fühlen, ständig so viel Zeug aus dem Haufen Dings zu holen.

(2007 / 2015)

Im fernen Spiegel des Meeres

Das Meer bewegt die Zeit,
hält sie nicht still,
in den ständigen Wellen
geschieht so viel,
um dir zu zeigen,
wofür du noch keine
Vergleiche hast

Vom Gestern ist die Rede. Besser gesagt, das Schweigen.

Obwohl sie die Vergangenheit nicht mehr erwähnen will, nicht mehr spricht von den Booten in der kleinen Bucht, von den blauen und grünen Fischerbooten, deren Holz leise die Melodie des Träumens summt, wenn die sanften Wellen des Meeres die farbig stumpfen, bäuchigen Wände umspülen. Sie auch nicht mehr daran erinnert werden will, um sich in diesen Gedanken weiter zu verirren.

Obwohl diese Stille für sie immer noch der Anfang aller Inspiration ist.

Im Fenster findet sie den täglich wiederkehrenden Ausschnitt der Nacht. Einen Ausschnitt, der ihr die Sehnsucht von der Unendlichkeit des Himmels zaubert. Der ohne ihr eigenes Hinzutun eine so dünne Linie zeichnet, um ihr übergangslos auch die Illusion von der Unendlichkeit des Meeres zu erklären. Vergeblich zu erklären. Sie steht alleine am Strand, spürt die milde Luft, die im Nachtwind weit draußen mit den Wellen spielt. Nur ein einziger Augenblick ist es, in dem sie an den Ort wechselt, der ihre Zeitenfolge verwischt. Es gelingt ihr auch in dieser Nacht nicht, diesem Augenblick zu widerstehen. Sie erreicht, ohne es zu wollen, diesen Moment, in dem Gegenstände und Bilder übereinstimmen.

Vor ihrem Auge entsteht der Entwurf einer Landschaft, geformt aus Wasser und Sand, deren Teile aus Erinnerungen und Gefühlen bereits vorhanden sind.

Das Meer liegt flach
unter der glitzernden Lichtspur
des Mondes,
die irgendwann ankommen wird zu
deinen Füßen,
um den Saum deines Kleides
herum

Mitternachtsträume wie auf Samt, Mittelmeerzauber wie auf Hochglanz, Mimosenzweige wie auf Aquarell.

Sie sieht, wie die leichten Wellen, Sahnehäubchen auf Sandkuchen, den Strand hinanhuschen. Um gleich wieder hinabzutauchen in die Willkür der Formen und Farbnuancen. In die Zufälle, die ihre Gedanken beim Blick aus dem Fenster komponieren. Sie erkennt zwischen den leuchtendgrünen Blättern und blassrosa Blüten der Heckenrosen, die sich an die weißgetünchten Mauern der Gärten lehnen, das vielfältig zwiespältige Leben der Spinnen, wie sie beschäftigt sind mit ihren Systemen der Zuversicht.

Der Vergleich zwingt sich förmlich in ihr auf beim Betrachten des Sternenhimmels, sie lernt daran die Neuigkeiten der Wiederholung.

Die Milchstraße funkelt wie eine Quarzader im dunklen Fels. Der Himmel leuchtet, Schein auf Widerschein, dem Fischerboot weit hinten auf dem Meer entgegen. Pinienbäume greifen mit ihren durch den Wind bewegten Armen nach dem Mond. Sie hat sich fest vorgenommen, nichts mehr sehen zu wollen. Und dann bewegt er sich doch wieder, der Horizont. Die dünne Linie, die plötzlich auf den Wellen schaukelt, als würde sie es extra machen.

Sie kann das Bild nicht verwischen, es verschwindet nicht im nächtlichen Dunst, der so verführerisch nach Salzluft und Pinienharz schmeckt. Die Türen sind weit offen. In dem sie hinausgeht, geht sie hinein, und spürt die Hitze, die lautlos über den Dächern liegt.

Das Meer verschluckt die Worte
wie Spuren im Sand,
die,
ob wichtig, ob nichtig,
gesagt werden,
um die Stille des Tages
zu erklären

Sie weiß, dass sehr viel davon abhängt, wie sich ein beginnender, ein neuer Tag anfassen lässt. Wie sich die Luft, die hinter den Wäldern hervorkommt, anfühlt. Wie sie sich fühlt, in dem sie den Horizont anschaut, in dem Moment, wenn er hell wird.

Sie glaubt immer noch, dass ihr Traum ins Offene führt. Doch sie spürt, dass er sie an den Strand führt, der ihr Erwachen dort ins Nichts auflösen wird. Und sie hofft, dass der Morgen noch einmal zurückkommt, an dem die Sonne keine Schatten wirft. An dem die Fragen nicht stumm bleiben, die bis tief unter die verwitterten Farbreste auf den gestrandeten Holzplanken der Boote gehen.

Mehrmals am Tag wechselt das Licht, Wolken schieben sich durch die Sonne.

Sie hat nie richtig erkennen können, wie der Himmel zwischen den Zweigen der Bäume seine Zufälle inszeniert. Es gibt auch keine Notwendigkeit mehr. Es riecht nach untergehender Sonne, die Sonnenblumen in den Gärten sind soweit, Schatten an die Hauswände zu werfen. Durch die Gärten geht eine Stille, fast ohne Bewegung. Bis die Nacht wieder dazwischentritt. Und sie mittendrin ist, in all diesen Veränderungen des Zurückliegenden.

Der Schrei einer Möwe zerschneidet ihren Horizont. Das Einst ihres letzten Sommers ist vorbei, ohne dass sie es genommen hat.

(2009)

Statt bunter Urlaubskarten

Manchmal ist die kleine Bucht hier vor mir ganz still. Diese kleine Bucht, die ich schon seit Jahren immer und immer wieder regelmäßig besuche, immer dann, wenn ich nichts Besonderes suche. Nur diese Stille, nur die Ruhe, nur die Sehnsucht nach etwas, von der ich nicht weiß, wie sie aussieht. Diese Momente, die mich hier erreichen, konnte ich in all den Jahren nie beschreiben, nie erklären, nie irgendwie zum Ausdruck bringen. Ich kann es bis heute nicht, meine Empfindungen blieben zuverlässig in meinem Inneren verborgen. Jedes Mal, wenn ich in der kleinen Bucht ankam, hatte ich ein Bild vor Augen, ein Bild, das sich nicht fotografieren oder malen lässt. Ich sah jedes Mal ein anderes Bild, je nachdem, wie still es in der kleinen Bucht war. Doch keines dieser Bilder ist jemals verblasst. Und so liege ich wieder einmal im weichen Sand der kleinen Bucht, bin, auch wie immer, nicht auf der Suche nach Bildern und sehe sie alle vor mir.

Heute ist die kleine Bucht vor mir wieder ganz still. Selbst die Möwen draußen über dem Meer oder über mir am Strand oder hinter mir über den Felsen, sie alle, die so majestätisch schön in der Luft gleiten können und mit dem ständig zirkulierenden Aufwind ihren Flug vervollkommnen, haben aufgehört zu schreien. Sogar die Zikaden, die sonst immer im Pinienwäldchen etwas oberhalb der Bucht ihre nicht enden wollende Symphonie üben, bleiben heute stumm. Die Wellen weit draußen auf der nur leicht bewegten Meeresoberfläche glitzern unterschiedlich grell, im steten Rhythmus, der keine Gesetzmäßigkeit erkennen lässt. Das Meer malt Flächen in allen Blautönen, mal heller, mal dunkler, mal dezenter, mal mutiger, bis es an der Linie des Horizonts durch ein frisch geputztes Blau des Himmels, in hellleuchtender Leichtigkeit, abgelöst wird. Und wenn kleine Wölkchen vor der Sonne tanzen, tauchen sie im Wasser vor mir auf, mal kleinere, mal größere Inseln.

Inseln der Phantasie.

Der Tag mit dem Blick auf das Meer in der kleinen Bucht vergeht langsam. Keine Stunde gleicht der anderen.

Ganz früh am Morgen legt sich die noch schläfrige Sonne auf das Meer, um den Morgentau in der Luft langsam zu zerstäuben. Es ist ein lautloses Erwachen, nur die Gerüche der Pinien und der Macchiasträucher, süßlichen Klängen gleich, flüstern miteinander. Ich lasse den noch jungen Tag in mich herein. Das Sonnenlicht gleitet durch den Sand, erwärmt zaghaft meinen Körper, erfasst die Felsen, die sich nicht wehren, durchflutet die Sträucher und Bäume, geht Schritt für Schritt ganz behutsam von links nach rechts, bis es irgendwann den gesamten Raum einnimmt. Von Minute zu Minute erscheint ein neues Bild.

Mittags wird die Stille fast unerträglich. Es sind schrille Farbnuancen, die sich im grellen Licht abwechseln. Mal wabert die Hitze über dem trockenen Sand des Strandes, mal gleißt das Wellenspiel über dem Meer in irisierenden Farben, mal blendet der nasse Sand zwischen Erde und Wasser, wenn eine der seichten Wogen den Weg wieder zurück in die Tiefe des Meeres findet. Nichts bleibt beständig, nur die Windstille lähmt das Leben. Sogar die hoch am Zenit stehende Sonne gibt sich, so scheint es, der Illusion hin, nicht mehr untergehen zu wollen.

Abends klettert der Tag wieder nach oben, Stück für Stück die Felsen hoch, an den Stämmen, den Zweigen der Pinien nach oben. Bizarre Schatten beleben den Strand, sie ziehen ohne Groll die unausweichlich kommende Nacht hinter sich her. Die Glut der untergehenden Sonne, die von der kleinen Bucht aus zu sehen ist und deren Ball wie auf einer Bühne hinter den Horizont rollt, erweckt den Stein, der jetzt, bei Ebbe, seine vorwitzige Nase dem Himmel entgegenstreckt, zu neuem Leben. Die schaukelnden Wellen färben sich zu einer rötlichbläulichvioletten Komposition, unterbrochen vom schwarzglänzenden Kopf des umspülten

Felsens. Irgendwann sehr viel später dann funkelt der Sternenhimmel über mir und wirft Glanzlichter auf den ausgelegten Bühnenvorhang des Meeres.

Ich stelle fest, eine Wiederholung ist nicht möglich. Obwohl die Bilder sich gleichen.

Irgendwann, wieder daheim, werde ich gefragt, was ich erlebt habe. Dort am Meer. Dort, in der kleinen Bucht. Nichts, werde ich in diesem Augenblick sagen, nur mich selbst.

(2005)